舜徽书系

学问思辨,乃求知之事,必先明于至善之所在,而后笃行不惑

舜徽书系

朱峙三 烽火日记（第一册）

◎ 朱峙三／著

华中师范大学出版社

新出图证（鄂）字 10 号
图书在版编目（CIP）数据

朱峙三烽火日记 / 朱峙三著. -- 武汉：华中师范大学出版社, 2024.12. -- (舜徽书系). -- ISBN 978-7-5769-0643-1

Ⅰ. I266.5

中国国家版本馆 CIP 数据核字第 20243JV336 号

朱峙三烽火日记

朱峙三 著

出 品 人	付义朝
策 划 人	仁 宇
编 辑 室	学术出版分社
电 话	027-67863220
责任编辑	郭志刚
责任校对	熊 然
封面设计	北京图阅盛世
出版发行	华中师范大学出版社
社 址	湖北省武汉市洪山区珞喻路 152 号
销售电话	027-67863426（发行部）
邮 编	430079
网 址	https://press.ccnu.edu.cn
印 刷	湖北新华印务有限公司
督 印	刘 敏
开 本	787mm×1092mm　1/32
印 张	57.375
插 页	4
字 数	910 千字
版 次	2025 年 1 月第 1 版
印 次	2025 年 1 月第 1 次印刷
定 价	238.00 元

敬告读者：欢迎举报盗版，请打举报电话 027-67867353

抗战时期的朱峙三和夫人刘梦娴

戊寅年 中華民國二十七年

鄂城朱建昌峙三甫記

四月廿一日 陰止雨下雪子
一月廿二日 星期一

五時起遲漱畢進香出方俱三老年例退 祖宗屏在 先母
靈主口方畢命振進兩兒燈惠安帶同進英往大禹門記
岳兼移至于以芝軟事併繪中借於祀大時我誠心而已根室莘苗
宗方夫已天明于推礼寢夢見歡事一仍舊對人入一石室止川地陸
石汎黑而石見一西醒所見擇波而外中晉只咫黑布蒙之沒車者
謂宜向考先日客察芳而引之到支名室同催持岩天嶺言人任疑
宫塆遇正龍峨石立壁止粘石乱卽之方擇樸三尺絵一陸 陽召陸奇

朱峙三日記手稿

日机轰炸下的武汉江面

日机轰炸后的宜昌街头

前　言

日记的价值正日益受到越来越多的关注。使用日记，"可以按年按日排纂出各个阶段、不同阶层的人对历史事件的看法、心态的变化、思想资源的流动等等问题，使得我们可以不局限于探讨思想家的言论，而能从一个新的广度与纵深来探讨思想、文化史"[①]。正如桑兵教授指出，日记研究的价值和意义主要体现在"能够从具体细微处显现随着时势变化因人而异的心路历程，丰富历史的细节，减少概念化的误判"[②]。摆在读者面前的《朱峙三烽火日记》就是这样一部记录普通民众在抗战期间的生活经历与内心隐曲的实录著作。

朱峙三（1886－1967），原名鼎元，又名继昌，字峙三，亦名峙山，湖北省鄂城县人（今湖北省鄂州市）。朱

[①] 王汎森：《中国近代思想文化史研究的若干思考》，《新史学》2003年第14卷第4期，第177页。

[②] 桑兵：《走进新时代：进入民国之共和元年——日记所见亲历者的心路历程》，《华中师范大学学报》2012年第1期，第69页。

峙三祖父本姓胡，幼时承祧朱家，峙三故随朱姓。朱峙三幼时好学，1904年考中秀才。后入两湖师范学堂。辛亥革命后，短暂担任黄安县公署书记官。1917年起，先后在大冶县金湖中学、汉阳晴川中学、湖北第一师范学校等校任教。1928年出任蒲圻县（今湖北省赤壁市）县长。1931年至1933年，任湖北省民政厅、财政厅秘书，后任黄冈县县长。1934年，因母亲去世，归家守制。抗战期间，避乱宜昌。1940年，宜昌沦陷后全家迁居恩施，辗转五年。抗战胜利后返回武汉，出任省参议，1948年曾担任汉口法政学院教授。中华人民共和国成立后，受聘担任省参事室参事，兼任湖北省文物整理保管委员会委员等职务。

纵观朱峙三一生，可谓并无显赫事迹。然而，他从七岁起即开始记日记，从1893年延续至1962年，历时七十年，汇集为七十册，内容所及，包括朝廷掌故文献、民间文艺、历史沿革、社会发展等，其史料价值为学界广泛关注①。2011年，华中师范大学出版社在"辛亥革命百年纪念文库"中首次收入出版了朱峙三1893年至1919年间的

---

① 关晓红：《科举停废与近代乡村士子——以刘大鹏、朱峙三日记为视角的比较考察》，《历史研究》2005年第5期。

日记，著名史学家章开沅先生慨然作序，称其"史料价值在于比较具体地叙述了历次重大事件在民间的反应，保存了不少普通老百姓当年的原始议论"，这些正是"在一般官方文献和显赫人物回忆录中难以见到的"[①]。诚哉斯言。

2024年，作为国家社科基金重大项目"荆楚文库"编纂成果的十巨册《朱峙三日记》终于出版，日记的全貌得以呈现。然而，其体量较大，定价也偏贵，且为繁体字版本，不利于一般读者阅读，更不利于普及。有鉴于此，本书选取朱峙三抗战期间的日记重新整理，以简体字出版，主要面向大众读者，希望有助于更多读者了解朱峙三，也通过他进一步了解抗战时期的普通民众生活与经历。

朱峙三非常关注时政，对愈演愈烈的"日祸"，他很早就开始表示担忧。1935年10月31日，他在日记中感慨："日祸方殷，国人尚嬉游不觉。"1935年12月6日，在阅报得知平津事变的消息后，他写道："平津消息愈坏，中央仍无所表示，平津学界有宣言，可想见民众处于日本势力迫挟下，其困苦已不堪言。……高丽、台湾，殷鉴不

---

① 章开沅：《关于〈朱峙三日记〉的说明》，《朱峙三日记（1893—1919）》，华中师范大学出版社，2011年。

远矣。"

卢沟桥事变之后，随着日寇侵略的加剧，朱峙三日记中对中日战事的关注越来越密切，记载日益增多。然而，他的信息十分有限，主要是通过读报、听收音机获取战事进展。当时报纸上的消息真假难辨。起初，他读报"知我军胜利"，感觉"可喜"（1937年8月14日）；"阅报知我军节节胜利，极为心慰"（1937年8月23日）。当载有"胜利"消息的报纸号外出版时，武汉市民也是争相购买。他认为是"人心均爱国家爱种族也"（1937年8月23日）。然而，现实中却是另外一番情景：敌机频繁的、范围越来越广的侦察、轰炸，激发了他的愤慨，也让他越来越觉得报纸的不可信。1938年12月4日，朱峙三在日记中记下了"报载多不可信"一语。他的经历其实也是当时普通人难以获取真实信息的写照。

1938年年初，日寇逼近武汉，在朱峙三笔下，跑警报、闻炸弹声、高射炮声的记载屡见不鲜。如：1938年2月17日，"闻城内有警报，敌机又来空袭矣"；2月18日，"八时起，饭后到会，坐未久，闻警报……未几，闻炸弹声，高射炮声，约一时许解严方出"；1938年4月16日，"晚十时三刻警报来……十二时解严……转钟一时十分又

前　言

来警报，逾五分钟，警急报作矣。旋闻敌机声、高射炮声，旋解严。二时余遂寝，将睡熟，闻三次警报来，至三时半敌机投弹声，四时方解严"。如此频繁的空袭骚扰给普通民众造成极大的恐慌，"总虑飞机来袭"成为武汉人的心理症结（1938年4月25日）。其他地方，如九江、武穴，也有逃乱者（1938年6月30日）。面对日寇造成的巨大冲击，朱峙三深感无奈，"既恨敌人毒辣，尤痛吾国何以事前不知准备，以致酿成今日之局也"（1938年8月1日）。他"不时念观音大士号，以求免难劫而矣"（1938年7月10日）。他也对战争走向进行占卜，1938年7月14日"虔诚进香卜牙牌数，问三事，武昌市果如何能守否……又卜移汉口住可否"。他感叹："安得有荆轲、张良力士其人，为吾国复仇哉。"（1938年6月25日）

武汉沦陷前夕，朱峙三避居宜昌。恰在此时，他最心爱的儿子根生去世，而夫妻复不和，国难家难叠加，其内心痛苦不堪，涕泗横流。此后，朱峙三饱经磨难，辗转恩施山区。在他的日记中对逃难期间的生活有细致描述，文笔生动细腻。如1940年6月13日记在宜昌县西北小峰铺情形："一闻犬吠，群相惊骇。""定儿啼，必百计抚摩之，嘱其勿哭，惧溃兵闻声而至也。""新月在天，清露时下，与梦闲相对太息。"躲避溃兵的记载，情境俱现，读之如临其境。

抗战胜利后，朱峙三于当年年底回到武汉，被续聘为省政府参议，自此方才结束其数年颠沛流离的生活。

读者诸君阅读《朱峙三烽火日记》，跟随他的记载回到历史现场，不仅可以感受普通民众在抗战岁月的日常生活，也能增进对当下生活的理解。

湖北大学历史文化学院教授　雷　平
2024年12月25日于武昌沙湖

目 录

第一册

民国二十六年（1937年） …………………………… 1
　正月 …………………………………………………… 3
　二月 …………………………………………………… 20
　三月 …………………………………………………… 31
　四月 …………………………………………………… 42
　五月 …………………………………………………… 55
　六月 …………………………………………………… 67
　七月 …………………………………………………… 80
　八月 …………………………………………………… 95
　九月 …………………………………………………… 110
　十月 …………………………………………………… 129
　十一月 ………………………………………………… 141
　十二月 ………………………………………………… 154
民国二十七年（1938年） …………………………… 169
　正月 …………………………………………………… 171

二月	186
三月	200
四月	214
五月	231
六月	247
七月	265
闰七月	284
八月	297
九月	317
十月	339
十一月	357
腊月	372

第二册

民国二十八年（1939年）	387
正月	389
二月	408
三月	428
四月	445
五月	461
六月	481

目　录

七月	496
八月	514
九月	531
十月	551
十一月	568
腊月	582
民国二十九年（1940 年）	599
正月	602
二月	619
三月	636
四月	654
五月	672
六月	696
七月	711

第三册

八月	731
九月	746
十月	760
十一月	774
十二月	791

民国三十年（1941年） ………… 805

- 正月 ………… 807
- 二月 ………… 819
- 三月 ………… 830
- 四月 ………… 843
- 五月 ………… 854
- 六月 ………… 869
- 闰六月 ………… 883
- 七月 ………… 901
- 八月 ………… 917
- 九月 ………… 931
- 十月 ………… 945
- 十一月 ………… 958
- 腊月 ………… 973

民国三十一年（1942年） ………… 987

- 正月 ………… 989
- 二月 ………… 1006
- 三月 ………… 1025
- 四月 ………… 1046
- 五月 ………… 1064
- 六月 ………… 1080

第四册

七月	1097
八月	1113
九月	1130
十月	1148
十一月	1162
腊月	1178
民国三十二年（1943年）	1194
正月	1197
二月	1215
三月	1230
四月	1246
五月	1264
六月	1280
七月	1297
八月	1314
九月	1328
十月	1342
十一月	1357
十二月	1371

民国三十三年（1944年） ……………………… 1388
　正月 ……………………………………… 1390
　二月 ……………………………………… 1406
　三月 ……………………………………… 1422

第五册

　四月 ……………………………………… 1445
　闰四月 …………………………………… 1463
　五月 ……………………………………… 1481
　六月 ……………………………………… 1499
　七月 ……………………………………… 1516
　八月 ……………………………………… 1530
　九月 ……………………………………… 1544
　十月 ……………………………………… 1559
　十一月 …………………………………… 1571
　腊月 ……………………………………… 1584

民国三十四年（1945年） ……………………… 1600
　正月 ……………………………………… 1602
　二月 ……………………………………… 1620
　三月 ……………………………………… 1640

目　录

四月 ………………………………… 1658

五月 ………………………………… 1674

六月 ………………………………… 1694

七月 ………………………………… 1710

八月 ………………………………… 1725

九月 ………………………………… 1740

十月 ………………………………… 1755

冬月 ………………………………… 1771

腊月 ………………………………… 1781

民国二十六年

(1937年)

七七事变。

咳嗽吐痰，黄绿色带血，恐成肺病，后为曾医生诊好。梦闲又时怄气，时时要钱作川资，石首、藕池、沙市迭寄川资。

予时时出差，船车劳顿，又时回县宅，川资甚多。今年李佛波借送之款约百元，予亦借以转送者。此人表面虽好，但时对予总在金钱上打算。周知安借款不还，久讨不理，可恶。

看戏时多。

下季添子。抗战间，时回县宅、胡林。会中出差，在舟车中多次奔波甚苦，头晕痛，又时时缺用，向各处借款。县宅、省宅、胡林均须用火食杂费。在省、在县，日寇飞机来，警报多。

丁丑年正月朔　晨一时半　新正发笔　诸事顺遂

正月

初一日　大雨　午后三时大雪至晚　奇寒　阳历二月十一日　星期四

五时半，枕上似闻鸡鸣，实未醒也。内子呼余起，洗漱毕，遂率两儿及外甥洪英等在前庭进祖先、进天地，拜跪如旧式。与祖宗拜年，敬祀先母灵位毕，具香烛，为旧时出方式，带同儿辈出大门放炮竹后乃入宅。命甥与根生、洪英等往大南门百胜庙祀岳忠武穆王。余去岁疾未愈又兼畏寒，天雨路滑未能率诸人往，似属不敬。然亦望岳王鉴余之忱耳。天渐明，甥儿等进香回，与余叩年。七时半遂解衣再寝。下午二时半再起，天雨未停，继以大雪，北风凛洌，寒气袭人，可畏也。无衣食卒岁之穷民，吾国政府日日提倡各省为慈善事，博虚誉于一时者。不知其天君中尚忆及否，"朱门酒肉臭，道有冻死骨"，杜老为诗，蔼然仁者之言，当道又何曾感动耶？吾国近年上下相蒙，虚伪是尚。噫，有心人尚忍言耶！今晨二时半和衣睡后，五时梦为某友人觅居址，其地似淹水尚未全退出者，行一二里见水边花草秀丽。一花一叶似剪为整齐状，花叶相间悦目。旋又与方耀庭先生晤于一室中，谈论甚久，其紧切语则谓人生当有权势之时直可操生杀予夺，务须力行其职权责任，不可见好示恩于民众而曲意以求好誉，须以斩金截铁手段除暴安良乃为上策。否则，徒见好于人民而放弃自身之权力，以善心致行恶事而不知之。则是自身有意博好好先生之名而作恶，其罪过甚大矣。言时以足置椅上，时时敲之，似恐方先生之不见信者，继则涕泣而反覆述其理由，迨内子呼余醒时，泪尚储眶欲溢也。此乃奇梦，主何事耶！晚八时补记之。

初二日　大风　结坚冰　午后晴　寒甚　寒暑表零下四度　二月十二日　星期五

昨以气痛，睡未稳，正午尚卧未起，闻王国煌、谢濬川等后辈十馀人来拜年，嘱根生随厚训往各戚友家拜年。

民国二十六年（1937年）　正月

十二时起，畏寒甚。右胁气横亘，何时可愈，殊为焦灼。五时得叶佩诚覆函汉报一份，系去腊廿八之报，消息已迟矣。晚饭后呼根生、迟生至前房，告以余幼时境遇不佳时受窘困及先父母勉励余求学及余立志读书为人兴家诸事，并为之讲范文正《岳阳楼记》，孟浩然《夏日南亭怀辛大诗》，嘱两儿熟读玩味之。近数年未充教授，今夕为儿子讲书，中气不足，声嘶口渴，老态渐呈矣。十时方毕。写方绪吉信，嘱其往省寓查看情形及有无各处来信，内附致刘萃三一函。十二时睡，展转不成寐。枕上欲作诗，拟题为《正月二日雪霁饮后试笔》，仅成四句曰："揽镜鬓成丝，开门雪满枝。天高悬日丽，树老得春迟。"以下未续出，明日当补成之。

初三日　阴　结坚冰　奇冷寒暑表摄氏零下五度　二月十三日　星期六

十时起，闻街上以结冰，故着鞋可行。十二时遂同厚训往朱昆山、王立生、王香山、荐旃等处叩新春，皆余之长辈，须亲往也。便往杨厚庵、谢服初家略坐谈遂归。尹县长来谈甚久，面约其明日春酌，因彼言后天往华容查赈案也。傍晚写请帖分送，并约傅子贞、杨焱屏等六人作陪。王久旃、万子云、杨焱屏坐谈甚久去。余又为两儿讲钱公辅《义田记》，昨讲范文正《岳阳楼记》，今夕须连累记其人也。补昨日诗四句，不甚惬意，曰："清俭无馀蓄，穷通信有时。闲情一杯酒，薄醉写新诗。"前四句紧切，后四句不闲淡，似不相称。他日或改之。又今日气候奇冷，积雪转为坚冰，天霾终日不化。余又拟题曰《正月三日积雪未消，坚冰盈寸，转念穷民，慨然有作》。诗甚紧切，已另录。先祖母明晨忌日，九时酒肴奠祭。十二时寝。

初四日　晴　晚奇冷　摄氏表零点下二度　二月十四日

十时起，倦，右肋骨下气稍松。午后二时萧敦五来为余卜今春进行，得易之遘三爻变动，就卦象断，谋望有掣有挽攻者多，忽而由仇变为亲，事终可成也。以时断之，二月动机，三月以前可成，姑志之。三时半，傅象虚、杨焱屏、尹县长、刘谢两局长、王久旃及萧敦五共八人，八

民国二十六年（1937年）　正月

时方散席。精力已疲，不能为两儿再讲国文。十二时寝。

初五日　晴　寒　二月十五日

九时起，十一时得黄州彭梓师函，云程专员在署，似嘱候渡江一见者，当即覆拒之。十二时嘱儿辈先出城，余乘舆往西门外先祀先祖父母、先叔，次往先室孟夫人墓。祀毕，往先父母墓叩头行礼烧纸毕，顺道下过仰山庙祀先婶母、先伯父墓，再次至万寿桥侧祀先姊丈、先姊毕，已下午二时半矣。同行者甥厚训、两儿及洪英、厚坤等。归后又接彭师专人来信云，专员顷接电往汉口，所约作罢。当又复函带去。今日疲倦至极，饭后小睡。晚嘱迟生等收拾零件准备明晨往省。根生拙，不听话，余殊恨之。十二时寝。

初六日　早阴　东北风　午后晴　二月十六日

八时起，嘱厚训、迟生俱起搭轮，扰扰多时，第二次轮船未赶上，余往江干不见厚训等，遂在杨厚安之弟家中候之，久未见来，不知彼等往搭汽车矣。余回后小睡。正午谢服初来，迟生、厚训以汽车人多不能上，亦归。午后二时嘱艾厚坤渡江送彭师信并接其明午来家。午饭便约李纪于作陪客。晚嘱根生、迟生清理各事，备明日一同赴省。今晨大便带血甚多。

初七日　早霜　晴　二月十七日

六时醒，呼两儿及厚训早起搭轮。八时闻厚坤云，彼等已搭车往省矣。余以连日困乏，十时起。午后写各处信。三时李纪于自黄州来，留便饭。约王久旆、万子云作陪，五时别去。晚间来客数次，颇感疲劳。睡后亦不安宁。今晨大便仍多红血。

初八日　早霜　晴　二月十八日

七时半起，准备到黄州，九时上水轮到。余带厚坤同

民国二十六年（1937年）　正月

往江干，人多，拥挤不堪。到黄州后知梓师已于今晨往汉口，便访蔡惠庄谈各事，知昨段店、新洲、三店、柳溪又有股匪来劫洗，黄民实未安也。晤张谐英，谈片刻出，便访李纪于，匆谈数语，经鼓楼岗出一字门到江干雇舟渡，东风大作，逆风十里，颇以为苦。抵鄂城知朱姓为修谱各庄家门尚未到也。谢服初着人来请宴，知王伯良来县，匆匆往与谈各事，便约晚间到家酒叙，九时方散。十二时寝。今日便血未愈。

初九日　晴　午后东风　阴　晚小雨　二月十九日　今日雨水节

八时起，十一时闻各庄家门未到齐。午正自往鱼行探听，已有七人，遂约其过余家酒叙，再议一切。午后一时共来十一人，与说各事。俾酒席分喻各事毕，公推纯善到阳新。席散后县府雷秘书、胡科长、黄毓九、王雨梅、张璧源、郑华甫、孟端溪先后到齐开席。扰扰至七时方散。又为纯善写二信，嘱其往阳新。余今日已精力疲矣。十时又翻阅族谱，至十二时寝。今晨大便淤血甚多。

初十日　雨　晚寒　二月廿日

九时起,漱毕如厕,便中淤血甚多。连日酬酢饮酒多,致大便有血不能止,终日陪客劳神,说话伤气,气痛难消,精神大损,须设法静养为好。午后仍雨。傍晚约袁夏村来小饮,便问各事。知卢兵城病殁于汉寓,系正月初一日,殊可悯也。去腊廿日午后渡江视渠,疾虽重然神智尚清,与余谈一时许,多感慨人情冷暖之故,已大觉悟,其从前所有积蓄乃为一讼累至贫乏焉。余面许廿五日设法送大洋五十元与之。廿五日交款与其妻时,又便往同仁医院视之,云已寝矣,未与言。今日闻之,实有难过之处。九时夏村别去。十时欲覆孔广勤及横沟市梦闲信,以倦不支寝。

十一日　早阴　午后晴转阴　九时见月色　二月廿一日　星期四

九时半起,倦甚,腰觉酸痛,大便下血仍未止,且系鲜红色，系大脏有病也。午后石镜清来为馆事，约久旃、郑家权、袁夏村、萧敦五为之帮忙。石老境极不堪。晚八时夏村回信，谓朱松茂可停西席，不过修金甚少耳。今日覆梦闲信，多指斥其平昔不当各事，不知彼能改过否？天下无不可化之人。余昔读《象祠记》，从政以来觉尚可信，然不知能及梦闲否？希望如此而已。

十二日　早阴　午后大雨时作　二月廿二日　星期一

未起闻下小雨，十时起，天沉如墨，知必雨也。午后石镜清来，仍说就馆事。又约朱坤山来与帮忙。今日写黄鋆章、吴仲行、陈汉存、张重心四函均发出，字共二千馀，说话又多，劳神之至。晚间清理历年日记置一箱中，明日孟继宗店有人到汉，可便招呼一切。十一时寝。雨声未止，睡不成寐。

十三日　大雨竟日　闷甚　二月廿三

五时，疾雷震耳，风雨大作，无片刻停。八时邵某来家问余走否，以雨大辞之，遂付洋八元，嘱其交省宅。午后写北平汪三辅函托之事，又复邓德兴函寄甘肃，并检书样二册去，又附初二初三新诗，今日写字逾三千以上矣。雨大，无一刻停，奇哉！傍晚有冒雨玩龙灯者，遍身如水淋鸡，不知何所乐耳。闻孟端溪之子执龙头游行，可以知其家教不严。七时半进香，叩奠先母。向例试灯节，先母在，必嘱儿孙辈进香燃灯甚谨，就灵前灯烛光下虔卜牙牌数课，得中下上中上上，文中有"半途须努力，登顶莫辞劳"句，又"功夫宜久，事业日增"，又断曰有"磨铁成针磨砖成镜"语。盖将来事即到手必费尽心力，附记之。今晨枕上闻雷雨，作诗一首，另列集中。十一时寝，今晨大便带血未愈。

十四日　早雨　二月廿四日

昨夕雨未停，早五时枕上又闻大雨时作，焦灼之至。九时起更衣，大便血仍未断，连日大便后总有积淤血一块，今日当延医治之。写信与石、袁二人告以萧敦五事。午后电报局谢服初请客，同席者尹县长、胡科长、李区长并孟愚溪、袁夏村等七八人。晚七时席散，归后孟继宗为缴款事来，乞写信致县政府。明晨往省，准备各事毕。十二时方寝。

十五日　晴　阴风　早雾　二月廿五日

八时起，九时饭毕。王兴发送余下河搭新义泰轮，今日为上元节，搭客甚少。十一时上船，段有生为余招呼铺位吃饭等事。下午三时半到汉，便访曹汉丞，问卢兵城后事。汉丞已回鄂，其妾为余言也。五时半渡江到家，迟生已上课多时。细询夏仆、皮妪各事。晚十一时寝。

十六日　雨　晚十一时见月色　二月廿六

八时半起清理家中各事。午后大雨，着罗国贞请程仲苏，知今晨已返黄冈矣。终日未出门，右肺下仍作痛。十二时寝。

十七日　晴　二月廿七　星期六

七时起，病似未减，右胁下肺肝间作痛牵动背痛，似气非气，饭量欠佳。午后到会，无多事。晚十二时寝。

十八日　早阴见日光　旋小雨　午后大雨　二月廿八日　星期日

九时起，午前阅杂书。嘱夏、罗二仆清理各物件，今日无多事，未出门。梦闲到石首后来信甚少，不知其家讼事如何。晚十一时寝。

十九日　晴

八时起,九时到会,午饭后未去。在家看《汉书》《唐书·尉迟敬德列传》约三小时。晚阅报写信。今日病状略好。十一时寝。

二十日　雨　三月二日　星期二

九时起,病未大愈,痛亦未减,午后到会。晚阅《唐书·徐绩传》至十一时止。十二时寝。

廿一日　晴　三月三日

八时起,九时到会。午后未出门,看杂书。肝肺间痛未止。沈医生在嘉鱼未来,不便接他医,服药也。晚十一时寝。

廿二日　阴　小雨数次　三月四日　星期四

八时起,右肝肺间痛仍甚。午后到会,今年天时不正,时雨时晴,寒暖不匀,致余病未能减轻,心焦灼甚。晚看杂书至十二时寝。

廿三日　晴　三月五日

八时起,九时到会。午后渡江一次,便请徐继安看病。晚九时回家,十一时看书报,十二时寝。

廿四日　阴　小雨数次　今日惊蛰节　晚见星月　三月六日　星期六

九时起,午后一时到会。因会中开常会也,讨论案件不多，五时散会。晚饭后觉病甚重，痛亦未减，明日当与万邦兴言之，请西医诊治也。十二时寝。今日安电灯并约方献廷、张啸青吃便饭。

廿五日 阴 小雨时作 又时见阳光 三月七日

七时半安电灯人来，午后以天雨时寒未出门。昨会中派汪肇华出差，今日汪来见，与谈各事去。病未减，服药不甚见效，右胁下痛未止，欲嚏而不能，盖牵扯愈痛也。王宅请支客。余去，饮食均不佳。晚看《宋书》二小时。十二时寝。

廿六日 阴晴不定 三月八日 星期一

八时起，病未减，午后请沈医生来看脉，前以误服徐继安药，胃气大伤，饮食锐减，身体消瘦，奈何！午后到会一次。晚阅杂书，十一时寝。

廿七日　雨　三月九日

九时起,午后到会一次。饮食不开胃。晚阅杂书,病未减,殊烦闷,右肝腑间作痛不止,似气非气也。十一时寝。

廿八日　大风　小雨时作　三月十日　星期三

七时起,九时到会。午后以气痛未去,在家看书写信约二小时。晚阅杂书,读《孟子》二小时。十一时寝。

廿九日　晴　三月十一日

八时起,近日天气间日一雨,寒暖不时,余病与此天时相关系,似难一时可痊也。晚写信三件,迟眠。

民国二十六年（1937年）　正月

三十日　晴　大西北风　三月十二日　星期五

七时起，匆匆嘱夏仆排香案，因王艺圃先生灵榇由此街出保安门也。余雇车至大隄口，久候铭旌尚未至。被大风吹，身寒甚，着狐裘尚如此，则身体虚弱可知矣。十一时归，饭后在安全椅上小睡一时起，又感寒，病益加矣。十一时请沈医来，急服发散药一次，十二时半寝。

二月

初一日　晴　三月十三日　星期六

九时起，昨服药未大效。十一时到会，午饭不多进，右肝气已提上于肩矣，痛甚，小睡。彭世钰因出差在即，来询各事，一一告之去。晚十时写信二件，十二时睡不安。

初二日　阴　三月十四日

八时起，病未退，午饭后带同更生、迟生渡江至新市场看汉戏。晚六时至美生馆食面饺等物，未禁荤油，归家后病加重。十一时寝。

民国二十六年（1937年）　二月

初三日　阴　三月十五日　星期一

九时起，病觉增剧，右肝气大痛。午后王恕来，勉与谈话半时去。晚间政府因防空演习事戒严三次。连夕室内有蚊嚼人，甚痛。年来气候之变如此，清代光宣间无此事也。十二时寝，极不安神。

初四日　晴　三月十六日

七时起，肝气痛不止，时上及肩，又下于右肋骨内，但不及左边，命夏仆请沈先生来看病，据称须用桂枝发汗，使寒气外出，素忌桂枝，以欲求速效，允之，馀则常药八味。晚间精神疲甚，寒颤发抖，遂解衣上床，服药后半时，药性与肝气相攻，痛楚万分，展转床上，脚又抽筋，痛甚，扰扰至二小时。夏、罗二仆留在寓中招呼，不令去。转钟后汗出如渖，神气略清，此则平生未逢之疾也。

初五日　阴晴无定　晚风　三月十七日　星期三

七时醒，欲延医，因防空戒严，仆不能去。右肝气稍好。午后极疲倦，翻身不易，气痛又起，午后二时起床小坐。九时又睡，服二次药，室中蚊多嚼人，寝极不安。

初六日　大雨　三月十八日　星期四

八时起，气痛如昨。以前夕未服完之药服之。

初七日　阴　三月十九日

九时半起，病未减轻，饮食不进。

民国二十六年（1937年）　二月

初八日　阴晴不定　三月廿日

十时起，病未退，午后进薄粥，口胃不开，仍请沈先生看病。晚偶阅杂书，无精神，难支持。

初九日　阴晴不定　今日春分　三月廿一

十一时起，病未退，饮食不加。今日来客三次，皆为余视疾者。

初十日　晴　三月廿二日

病仍重，饮食未进。

十一日　早小雨　阴热　晚大北风　三月廿三日

　　八时起，疾略轻，食稍加矣。迟儿今日病，请葛荣真先生来看兼看余疾，开药至十三味之多，且有九香虫药名，检归未服也。午后申凤林、彭梓师来视疾，夜起二次。

十二日　大风奇冷　大雪竟日　雷声三次　三月廿四

　　十一时起，病稍轻。夏仆又病。午后罗仆来说电灯费未缴事。晚进稀饭。十二时寝。

十三日　阴寒　四十度上下　三月廿五　星期四

　　十时起，病略轻，惟气痛未止。午后萧焜、胡楷二生，尹仲韩、范伯高先后来谈去。

十四日　阴寒甚　四十度　三月廿六

七时起，气痛未止。今早食稍增。鄂城王久旃来函，要求为殷子立作荐函。晚阅杂书。

十五日　晴　三月廿七日

八时起，气痛不止。厚训今日回县，嘱其带各物。午后二时得朱伯芳来函，知其父幼门病殁。幼门为体门叔祖之子，幼而失学，长而无成。年来在县署充书记，仅足糊口而已。其三子均不肖，后事可虑也。

十六日　晴　三月廿八

九时起，病似已退，身倦疲不堪。来客视疾者数次。

十七日　晴　三月廿九

十时起，疾如昨状，口胃不甚好。祥焕自咸宁来。午后邓实、蕴玉、更生先后来看病。晚睡略安。

十八日　晴　三月卅日

七时起，畏寒。今日范允师殡出安葬，未能送也。晚睡尚安。连日病似减，惟右胁下气痛不止，他日当至医院检查之。

十九日　晴　三月卅一日

八时起，今晨电厂派人来安电表、接火。午后梅先霖来，嘱其到乡间办学各事。申凤林、朱文超、刘润山先后来谈去。今夕电灯已来。

二十日　阴　四月一日　星期四

九时起，病又转轻，饮食稍增。前日万邦兴请余到同仁医院检查身体，并谓曹医生欲余住院，便于诊治也。

廿一日　阴　小雨　晴　四月二日

九时起，十时万生来函，约今日午后六时到医院检查身体。今日饮食仍未增。午后一时刘菊坡、纪雪舫、范伯高同来视疾，余便中与刘说刘伯英借款不还事，人之无良一至于此。

廿二日　阴　小雨　四月三日　星期六

九时起，病稍轻，午后菊坡、伯高来。晚来客数次。饮食未加，近日亦未服药。

廿三日　晴　四月四日　星期日

晨七时周知安同其女来，肆口谩骂。余以不能起，嘱罗仆约厚训来与之交涉。厚训骂彼，彼则俯首无词，此真中山狼也。鄂城有可恶之人，平昔为余提携而卒获恶报者，一邓次丞、一周瑞南、一周知安。此则令天下人莫作好人提携他人耳。以怄气，今夕病加重。咳嗽又剧，痰中带血。

廿四日　晴　今日清明节　四月五日

八时起，痰中带血未止。梦闲在石首未归，家中乏人招呼一切。今年清明又未归家，殊令人生许多感慨耳。午后万邦兴送丸药来，并面请进医院调治。周知安之妾同其女来叙述各事，交款十元。其馀廿元余已许其免还。

民国二十六年（1937年）　二月

廿五日　晴　晚小雨　四月六日　星期二

八时起，十时万生来约明日午后一时进医院。

廿六日　晴燥　四月七日

八时起，十时万生来云，今日午后三时入医院检查，届时去住二等房间，同房系黄冈张姓学生。余一夜未眠，天燥，垫盖被甚厚也。曾、王二医生来听脉数次。

廿七日　晴热甚　四月八日

昨睡未安，女看护时来验热度。杨器之来看余，并代借行军床与余休息，甚感！午后医生来打针上药，就余背上先用麻药涂之，尚无甚痛苦也。曾兰友先生同万邦兴来看，谈一刻去。五时张姓学生出院，余更寂寞。迟儿及夏、罗二仆时来问讯。晚十时寝。

廿八日　晴热甚　四月九日

住院，饮食略进。今日夜共打针三次，皆刘姓女看护为之，九时寝。

廿九日　晴热甚　四月十日　星期六

住院午后凤山来看病。梦闲自石首回省宅亦来看。仲章、厚训及更生等先后来院。今日饮食渐增，惟吐浓痰未止，有气味似自喉头出者。王医生以止臭药嘱漱口。晚寝尚安。

三月

初一日　晴热如伏　午后黄沙甚重　晚十二时大雨数次　四月十一日　星期日

六时起，昨今两日大便顺利。连日服药甚多。曾医生已往闽，来诊者系王纪民医生，术逊于曾。饮食渐进，右肝肺下气痛已减轻矣。今午梦闲、仲章、更生等又来看病。晚睡更安。

初二日　阴　晚大雨　四月十二日　星期一

六时起，医嘱如此，余实亦不愿迟起也。病似大退，气痛亦减，思饮食。午后来一军官李佩膺，云南人，黄埔学生，住院治痔疾者，人尚有礼，与谈数次。九时寝。

初三日　雨　午后大雷雨　四月十三日

住院今日已满，王医生欲余续住。余以寂寞而住院费又重辞之。王开药单带药丸药水。午后二时雇车出院，衣履沁湿矣。归后思憩食。今日饮食大增。晚十时寝，咳嗽未愈，绿浓痰仍不断。

初四日　晴　四月十四

八时起，病已大减，颇思饮食，惟足软无力。晚看杂书，十一时寝。

初五日　晴热　晚雨　四月十五

七时起，咳嗽未大愈，气痛已好十分之八矣。万邦兴来看，饮食更增。晚十时寝。

民国二十六年（1937年）　　三月

初六日　晴阴不定　四月十六日

七时起，咳嗽仍未愈，痰中带血数次。大便忽变灰黑色，不知是药性所变，抑由肝中所出也。晚九时寝。

初七日　阴　午后雨　夜大雨如注达旦乃已　四月十七　星期六

七时起，今日饮食更进可喜。咳嗽未已，晚间痰仍带血数次，大便仍呈灰黑色，九时寝。

初八日　晴　四月十八日

七时起，病已大减，足仍无力，拟阅书未能也，大便仍如昨状，十时寝。

初九日　阴晴不定　大风　四月十九　星期一

六时半起，大便仍黑色，拟往问王医生，午后阅书报，今日饮食更进。久未食干饭饮汤等事，今日均饱矣。

初十日　早晴　午后大雨旋晴　今日谷雨节　四月二十日　星期二

六时起，九时往医院看病，王医生约星期六照爱克司光，看肺下仍有水否，以前曾、王二医所云如此也。正午归。饮食如常，晚十时寝。

十一日　阴　晚大风寒甚　四月廿一日

七时起，午后拟到会，因足力不强中止。晚大风寒甚。今春天间日一雨或风，寒暖不时，麦子闻受害，病人亦多。晚阅闲书，十时寝。

十二日　大风　寒甚　阵雨时作　四月廿二日

九时起，午后二时袁璞山来谈半时，并要求写信与曾医生，为一川人说缓缴费事。今日较昨稍好。十二时寝。

十三日　阴　四月廿三　星期五

八时起，午后警察局来查户口，与立谈数语去。晚十时寝。

十四日　阴　小雨　四月二十日　星期六

七时起，午后一时因同仁医院约今日照像，二时据照爱克司光，医生云肝下有浓液如脓状，肝上微有缺形。王医生云，候曾医生回鄂再定诊法。三时出院到会中打电话，告知佛波等。五时归。晚十一时寝。

十五日　早小雨　午后阴　四月廿五日　星期日

七时起，普及教育委员会约余今日在汉阳门味腴馆聚宴，并往下新河检阅公民训练，以病新痊，托词不到。晚肝气痛甚，十一时寝。

十六日　早小雨　午后大雨如注　四月廿五日　星期一

前日梅凤山来谈，肝气久痛不愈，恐与孟夫人有关系，且接梦闲到家中之先未延僧道讽经，向孟夫人祷告，恐其为害也。余谓信之可也。明日为孟夫人生辰，今夕请甘道士来祷祝冥诞。傍晚念经拜忏，果见愈矣。十二时方散，转钟二时寝。

十七日 雨 四月廿七

七时起,肝病渐佳。午后外出一次至方缵武局中打电话向会索薪水。便在王宅略坐,晚阅杂书,十二时寝。

十八日 雨 四月廿八日 星期三

七时起,今日病似大减。晚间看杂书,十一时寝。

十九日 大雨 四月廿九

八时起,倦甚,病已渐退。午后阅报,写信二件,拟至会未果。晚十时寝。

二十日　四月卅日　星期五

八时起,午后未出门。屡思渡江未能也。晚十一时寝。

廿一日　五月一日　星期六

七日起,今日病渐见佳状,饮食大进。看杂书二小时,写信二件,皆积久未复者也。晚十时寝。

廿二日　五月二日　星期日

八时起,饭后渡江一次,往看佛波,傍晚归。饭后看书报一小时,写信二件,十一时寝。

廿三日　五月三日　星期一

七时起，九时到会，无多事。午后未去。阅《孟子》、唐诗一小时，来客二次，晚写家信一件，十一时寝。

廿四日　五月四日

七时起，病已大退矣。午饭渐增量，晚睡甚安，大约以后不甚要紧矣。今日写信二件，来客一次。晚催迟生弹琴，恐其久而忘之也。出题命之作文一首。十一时寝。

廿五日　五月五日　星期三

七时起，略习柔软体操以和血脉。午饭连日均增加，并服燕窝等补品。晚读唐诗，十一时寝。

廿六日　今日立夏　五月六日　星期四

七时起，八时到会。午后未去。欲作立夏诗，以兴趣不佳中止。晚读杂书，明日拟向图书馆借各项紧要者阅之。近来喜阅书，惜脑力太差，不能记忆耳。十一时寝。

廿七日　五月七日　星期五

七时起，八时到会。午后未去，阅《历代会试题名碑》，在图书馆借得者也。晚写信一件，十二时寝。

廿八日　五月八日　星期六

八时起，九时到会，午后再去。傍晚渡江一次，九时归。阅《顾亭林先生年谱》，何子贞所刻者也，至十二时寝。

民国二十六年（1937年） 三月

廿九日　五月九日　星期日

九时起，午饭后渡江，带同迟生至新市场游览。四时半出至西餐店略食数事，教迟生以规矩。近年武汉食西餐者多，亦不可不习之也。九时归，十时阅杂书，十一时寝。

四月

初一日　晴　五月十日　星期一

七时起，八时到会。午后渡江，晚间阅《历代殿试会试题名碑》，万历四十四年丙辰科一甲第二名贺逢圣，江夏人。二甲十七名洪承畴，福建南安人。三甲八名阮大铖，安徽桐城人。又第几名瞿式耜，江苏常熟人。明亡清初，有此显著之忠奸四人，同在丙辰榜，奇哉！午后看杂书，九时半寝。

初二日　晴燥　五月十一日

六时半起，八时到会。午后看杂书。连日饮食渐增，惟肝气仍痛。晚阅何刻《顾亭林年谱》。十时寝。

民国二十六年（1937年）　四月

初三日　晴热　五月十二日

六时半起，八时到会。得汪菁甫自京山来函，请会中寄款应用。遂访方主席，谈一刻钟即出，因渠欲渡江也。返会交件与李干事，遂回家午餐。傍晚为吴端伟事访陈豫生，谈二时许。并知其尊人炳南已去世，年七十八矣。归后阅杂书，十时寝。

初四日　晴热　五月十三　星期四

七时起，八时到会。午后为许平甫等四人画扇，佳者仅二叶。年馀未作画，少兴趣也。晚看杂书，十时寝。

初五日　晴热　五月十四

七时起，连日饮食大进，右肋骨内仍微痛，打噎及嚏则痛甚，此疾何日可愈耶？补昨日未竣画扇，晚十时寝。

初六日　晴热　晚风　五月十五

六时半起，午后看长洲王韬所著《春秋日食辨正》等书，味同嚼蜡。经学余向不喜研究，况加以考据耶！晚看宛平桑宣所著之《礼器释名》，亦考据之类，无甚意味。桑于光宣间曾官湖北知府者也。十一时寝。今日为陈豫生画扇面二，均竣，颇佳。

初七日　晴热甚　五月十六　星期日

六时起，早饭后带同迟生渡江至新市场看汉戏，唱做均好。惟此等戏看甚久又觉厌，尹春保之《斩李广》竟唱至四十六个，再不能变格也。五时归，十时看书，十一时寝。

初八日　晴热甚　午后九十度　五月十七　星期一

七时起，八时到会。午饭后祀佛焚香，今日为佛生日也。下午热如伏天。晚阅《钦定胜朝殉国诸臣录》，清乾隆敕定者也。浏览甚快，计六本四小时毕。小官士民得此足以传矣。十一时寝。

初九日　晴热如伏　午后九十度　晚小雨　五月十八　星期二

七时起，八时到会。写大联送邓小园亲家五十寿辰及其四子授室也。曾榆村来谈甚久去。午后天热如火，阅《史记索隐》及《中国藏书家人名录》。六时小雨数次，天气改凉矣。十一时寝。

初十日　阴　午后雨凉甚　五月十九　星期三

八时起,今日未到会,午后阅杂诗又看报。五时半得县中来长途电话,约余回县,为阳新有人来鄂城议修谱事也。便买茶叶数事备明晨回县。晚十一时寝。

十一日　晴　五月廿日

六时起漱毕,雇车至汉阳门搭鼎盛轮回县,船上遇九中陈先生并黄祁先生,均庚生师也。十一时便请其吃饭。午后一时到家小睡。下午四时阳新朱馨山名纯桂,年七十二矣,老健犹能往各县查世系,朱家锺煜、肇康、子翼等均来晤,说话甚多。十一时寝。

十二日　晴　五月廿一日　星期五

七时起,为谱事到鱼行相臣叔处谈一时许。午后三时请馨山、肇康、子翼、锺煜、茂林等八人吃饭。晚写大联三副,肇康所求者也。拟明晨回胡二林,为族学事已定,雇轿子毕。十二时寝。

十三日　早四时雨　晨六时晴　午后大雨　夜见月色
五月廿二　星期六

七时起,舆夫来,饭毕起行。两伕非内行,走路扯拉,极以为苦。十一时半经过马桥,小雨频作。十二时到胡二林庄。饭后约各族长到祠堂开会,说明立族学意义,便与各小学生训话。晚间各平、晚辈诸人来余处谈三时许,久未回乡,不能拒其不问也。丑正方寝。

十四日　晴

六时起，饬舆夫速行。十一时已达樊口。今日贤遂挑担送余行路，亦速，过姚家垄省先父母墓，见家齐叔新坟，不胜感慨，小立片刻，乘舆到家。饭后小憩。晚至杨厚安家略谈，十时归。十二时寝。

十五日　晴　五月廿四

八时起，倦甚，饭后约姜寿安来询及整屋事。晚写泥金大对一副，厚安转求者也。

十六日　晨四时雨　八时以后大雨竟日　入夜尤大　五月廿五

七时起，九时饭后无事。写白纸屏三堂、大对一副，又写大对六副,均甚快意。大凡友朋所强求者或拘于时日,或不愿意所求书之人,故写多不佳者,又送熊象方婶母挽联一副。

十七日　晴　大风　五月廿六

八时起,九时清衣料,准备带省者。午后出城省祖父母、叔父墓,约一时即归。剃头一次。傍晚萧敦五来谈甚久去。余定明往省,十一时寝。

十八日　晴　五月廿七

七时起,九时搭汽车,十二时半到省宅,饭后小憩,晚未作事,十二时寝。

十九日　晴　五月廿八日　星期五

八时起,九时到会,午后未出。晚间看杂书,写信二件,十二时寝。

二十日　五月廿九

七时起,十时到会,午后再往。晚间来客二次。看《孟子》,读唐诗,弹琴二小时,写信二件。

廿一日　晴　五月卅日

七时起,八时清理各事。十一时饭毕。带同迟生往新市场看汉戏。傍晚归,看杂书,十二时寝。

廿二日　晴　五月卅一日

七时起,九时到会,无多事。午后来客二次,晚阅报,十二时寝。

廿三日　晴热　六月一日

八时起,九时到会。拟明日往蒲咸等县查案。晚写信二件,十二时寝。

廿四日　晴热　六月二日

八时起,九时到会。十一时至宾阳门车站问各事。午饭后未到会,准备出门各事。晚写信二件。十二时寝。

廿五日　晴热　六月三日

八时起，九时到会。覆邓实等信四件，晚清理各事。十二时寝。

廿六日　晴热甚　如伏　六月四日　星期五

七时起，八时早饭，九时带同夏丙丞到车站。十点零五分车到，余购得二等位置，车厢舱内与张道民遇，彼到蒲见专员者也。午后一时半抵蒲圻，吴端伟、刘继之均在站，约至茶肆小憩，雇轿进城，寓鄂南旅馆，此即从前电报局旧址，闻声见景，颇多感慨。余离蒲圻已九年矣。今日重到，心为一快。饭后访刘继元、黄介眉。晚九时访李专员，十二时半寝。

民国二十六年（1937年）　四月

廿七日　晴阴不定　六月五日　星期六

七时起，昨夕似隔食，胸胃俱胀，今晨泄二次，略松。十时来客数次。九时到专属访何秘书德温。今日陈举百、陈仁安、鲍椠轩均来见。蒲邑旧绅多有知余来者，接见甚多。晚十二时寝。

廿八日　早阴　午后大风雨　四时晴　旋又大雨　六月六日　星期日

八时起，但耘村来谈甚久，并送腌鱼一个。但于十八年在余任内充团董，颇努力，人亦爽直可取。十时陈举百来约，即往宝塔山，今日渠与鲍共请宴会者也。同席者黄介眉、宋五垓等，楼阁重新，颇可喜。饮毕欲归，风雨大作，遂中止。四时归寓，闻幼蒲、孙克彬等来谈。夜十二时寝，梦先母、先姊。

廿九日 早雨 午后阴 六月七日

七时起,八时来客数次,十时至宋五垞家宴,同席者李专员、王团长、陈举百等。饭毕乘舆至车站。三时车到,搭至咸宁,五时到达。孟祥焕带同勤务来接,旋蕙村、霭如同来民生旅馆,约至又一村小饮。饭后至李长青家,闻其往乡矣。便游街市,十时回寓宿。

三十日 晴 六月八日

七时起,昨睡甚安。九时至民众教育馆问各事,便至县府访邬县长国光,细询白沙桥事。今日晤农村合作社指导员高汉杰,黄陂人;区员刘兆棠,区长王国桢,河南人。午后赴曹局长之宴,邬县长来回看,遂与同往,同席者商会主席钱茂林、科长韩玉其、二科长韩明杰、主任容玉书等七人。饭毕与曹局长同游街市,晚迁入李长青家,因其已回矣。十二时寝。

五月

初一日　晴　六月九日　星期三

七时起,十一时到税局同曹局长至县政府,邬县长今午请客也。同席者钱会长、曹蕙村、刘副官、沈韩两科长。午后席散,简所长请客,余辞之。回李宅后与李同出东门见节孝坊三,又见所谓三元坊者,宋绍圣时洪某曾中三元者也。晚十一时寝。

初二日　晴　晚小雨　六月十日

七时起,十时李长青请早饭。午后一时往税局,曹局长再请便饭,约同归也。五时到站搭车,祥焕、长青、蔼如送行,车到后购得二等票。七时一刻抵省,小雨到家,饭后小憩,清理各事,十二时寝。

初三日　风雨　六月十一日　星期五

八时起,饭后清理各事。命夏炳丞购端午应用各物。晚未出门,十二时寝。

初四日　阴　六月十二日　星期六

五时艾少泉回县,命之带小款并孟祥焕家款去。九时半到会取款。午饭后再购端午节应用之物,清理各事,晚十二时寝。

初五日　晴热　六月十三日　星期日

七时起,八时嘱家人办理食物各事分给老幼,正午进香吃饭毕,带同迟生渡江,先至李佛波寓中拜节。二时带同迟生至各戏院看影戏，以人多，无票可买也。折而至新市场，亦人满为患，遂听打鼓书二小时。六时出场，渡江回家，饭后小憩，十一时寝。

初六日　晴热　午后凉　六月十四日　星期一

七时起，八时到会。午后写覆各处函。看报一小时，读书写字甚多。今日拟渡江未果，晚阅杂书，十二时寝。根生今日病，由校中回家。

初七日　阴晴不定　小雨　六月十五　星期二

八时起，九时到会，午后再往。晚间嘱家人略具菜蔬，明日为余生辰，知者即留酒食，不愿通知也。十二时寝。

初八日　阴雨　六月十六　星期三

七时起,八时进香,厚训带同其子道儿来祝寿。正午约王太太、燕喜、韫玉送烛及点心多件来,正午留饭。柳文相同其妻来,酒后竹战,傍晚方去。余亦倦矣,十二时寝。

初九日　晴　六月十七

七时起,八时到会,无多事。午后阅杂书,补写未竣日记。晚听收音机,清理杂件,十一时寝。

初十日　六月十八日

八时起,十时到会。午后阅杂书,写复各处函。晚十二时寝。

民国二十六年（1937年）　五月

十一日　六月十九日　星期六

七时起，八时到会。午后阅杂书，年来脑力渐减，阅书不能记忆，真所谓过而辄忘也。晚十二时寝。

十二日　晴热　六月二十日　星期日

八时起，九时渡江晤陈清泉，彼今夕须往庐山，特为之送行，兼托其照函盖印也。谈片刻出，便访佛波。晚九时渡江，十二时寝。

十三日　晴热　六月廿一日　星期一

七时起到会，八时晤喻育之，据说欲晤怀泉，以时间来不及，嘱代达臆。晚饭后渡江与陈送行。八时半上船与谈数语，九时半渡江回家洗澡毕。阅杂书，随阅随忘。十二时寝。

十四日　晴热　六月廿二日　星期二

八时起,九时到会。昨闻葛芝岩云保送审查专员事,六月底截止,明日当再询之。晚间在曹蕙村寓取得章程归。十二时寝。

十五日　晴　六月廿三　星期三

八时起,十时到会,细阅专员存记章程,余资格颇合,明日当返里取证件来省填表办理。晚访葛芝岩问各事。十二时寝。

十六日　晴　六月廿四日　星期四

六时起,七时到平湖门汽车站搭汽车回鄂城,十一时到家，小憩后午餐毕，清理各事。证件中缺民厅传令嘉奖一件，遍觅不得也。王久旈、万子云来谈甚久去。晚十一时寝。

十七日　晴热　六月廿五　星期五

七时起，八时半饭毕。王兴发送余往西门站搭汽车，遇汪云龙，彼自黄冈渡江来搭车者，谓余必生子得差事云云。下午一时抵省，到会中阅各函，又知厚训今日已回鄂城矣。到家饭后清理证件，填表，填履历表，极麻烦。幸马显声昨已将各表画就，今夕可请其代写，并嘱刘质如帮写，极烦。晚布置整理就绪已转钟二时矣。倦极遂寝。

十八日　晴热　六月廿六日　星期六

六时半起，嘱夏仆请马显声来家，面嘱各事去。十二时余亲往省府一□见马，并与刘质如立谈数语，谓此件非今日写齐赶邮局快班寄南京不可，盖迟一日为星期，到京已赶不及矣。午后将文件装订成册，马写已完全。午后二时伯阳来，正欲其请姜显谟证明十七军官学校秘书委令等事。伯阳遂持单先渡江寻显谟，三时文件办齐，余亦渡江至汉总局发快信。先在迎宾江馆候伯阳持单来加入，在馆吃饭毕已四时五十分，犹不见伯阳来，甚焦灼。用电话问马显声，知武职上校确为简任职，遂于文中加二字，盖又合于第一项也。五时半伯阳方至，余遂贴单送总局发出，计今夕七时上大轮，明晨到浔，廿八日上午到南京，快信随到随送，尚不迟也。昨今两日忙个不了，兹已释负矣。渡江饭毕，晚十时即寝。

十九日　晴热　六月廿七日　星期日

七时起，八时起信稿二件请方先生代书发出，一致魏道明，一致蒋作宾，欲其于审查时顺利通过。十二时访方先生，说明各节，承其欣然许写，下午当去取发出，近日办事顺利，心中快然。晚十一时寝。

民国二十六年（1937年）　　五月

二十日　晴热　六月廿八　星期一

七时起，八时到会。午后将方主席所写蒋、魏函用快信发出。晚阅自抄各记中曾涤生日记有"凡事皆前定"语，甚佩之，晚十二时寝。

廿一日　晴　六月廿九　星期二

七时起，八时到会。午后未去，在家阅报读诗，晚十一时半寝。

廿二日　晴热　六月卅日　星期三

七时起，九时到会。午后阅杂书，写联二副，晚十二时寝。

廿三日　晴热　七月一日　星期四

八时起，九时到会。午后阅报，写信三件。晚未阅书，十一时寝。

廿四日　晴热甚　早九十二度　晚八十八度　七月二日　星期五

九时起，昨睡不安。今晨汉口徐宅出殡，未送也。午后更热闷不堪，天欲雨未成，晚睡不稳，转钟二时更起，烦闷不堪。

廿五日　阴　午后北风　早寒暑表九十度　七月三日　星期六

八时半起，九时到会阅文件，剃头一次。午饭后写李长青谢函、高鲁生函,请其和《五十自寿诗》也。晚欲为金蘅意作题画诗,屡构思未就。十二时寝。

廿六日　雨凉甚　七月四日　星期日

八时起,饭后补写文稿及日记。晚间看杂书,写覆郑宇平等信四件。欲为金太史题画《松柏长青图》诗,卒未就。十一时寝。

廿七日　阴　小雨数次　七月五日　星期一

八时起,九时半到会,阅各调查员报告。饭后为金太史作六旬晋九祝寿图画一纸,已粗具形态,明日当足成之。今春大病后作事每久则头晕,奈何。晚阅《九华山志》已毕,明日可换他书也。十一时寝。

廿八日　晴　旋小雨　七月六日　星期二

八时起，九时到会，无多事。午后为金先生作画，已成十之八矣。晚间屡欲作诗未成，寝甚迟，构思不就，颇以为苦。

廿九日　晴热　七月七日

七时半起，八时写《寿金太史诗》二首已成，清晨心静，诗思大开，奇矣！诗尚称意。九时到会，午后补画，未竣之处已成，并为李次瑜、邬亚轩作二便面，走笔成之，亦均佳，画松颇得意。诗思画思今日忽并进，亦李、邬二人之缘也。《苍松翠柏》已画二张，一张拟自留之。金诗收句曰："昨夜鹤楼试东望，一星如月灿晴霄。"得寿诗体并誉金太史身分之高也。转钟一时寝。今日闻蝉声。

六月

初一日　晴热甚　七月八日　星期四

七时起,八时半到会,午后未去。补金太史画已成,写款付裱工。晚清理各事。听收音机,知日祸已急矣。中国连年疲于内战,一旦外侮,举国惊慌,奈何!阅《词学全书》,仅浏览大意而已。十二时寝。

初二日　晴热甚　七月九日

六时起,七时到会,今日更热。午后阅报及杂书。晚热不能作事,寝不安。

初三日　晴热　九十二度　七月十日　星期六

七时起,八时到会。饭后阅报,今日迟生已放假,欲返里,无人送之,欲留在省宅补习各课,彼亦不愿也,奈何!晚热不能寝。

初四日　晴热甚　九十三度　七月十一日

六时起,今日以天热未能渡江,在后宅补写各件养静,热稍止耳。晚阅《词学全书》。听收音机,日本图平津甚急,殊为闷闷也,转钟一时寝。

初五日　晴热　九十三度　今日初伏　七月十二日　今日星期一

七时起,九时到会,十一时访方主席。午后阅《填词图谱》及《词学全书》已毕。晚写信二件,来客二次。十二时寝。

初六日　晴热　九十三度　七月十三日　星期二

六时起，九时到会。午后写复各处信。晚看唐诗，听收音机，日本尚未退兵。十二时寝。

初七日　早晴热甚　午后二时大风雨　七月十四日

七时起，八时到会无多事。午后寄泰兴金太史画，挂号去。晚阅历代科名录、翰林榜，顺治至雍正间改姓复姓者多苏浙人，即俗所谓两姓当差或携养异姓者也。十二时寝。

初八日　早晴　午后雨　晚小雨数次　七月十五日　星期四

九时起，昨以凉，睡甚适。九时半到会取款，十一时归，途遇大雨。午饭后旋雨旋晴。午饭后小睡二次。晚阅《钱泰吉警石年谱》及其文集。钱祖原姓何，以饥迁移，于钱氏所养，遂承钱氏，曾祖即钱陈群也。大抵江浙多顶姓承姓之人，且发科名甚盛。十二时寝，展转至三时方寐。按钱陈群得元时名陈群，后乃冠钱姓，何姓当系陈姓之误。

初九日　晴热甚　七月十六日　星期五

八时起，九时到会，十一时回家。午后吴端伟、刘伯阳先后来谈甚久去。今日晤方主席，知其明日往蕲州，便至牯岭也。晚清理各事，十二时寝。

初十日　晴热　小雨　七月十七日　星期六

八时起，九时到会。午后看《甘泉乡人稿》竣，钱氏世有文名，其集较易传也。看《舒艺室诗》亦竣。张孟彪曾为曾文正公幕，著作亦富，以诸生回翔各大人物间，生时刻集，亦颇自豪，惜晚年无子，得官仅及一候选通判，老而贫，尤难堪也。四时饭毕，五时半渡江访李佛波，谈半时。七时半到三北公司上新蒲为方主席送行。为会中事谈片刻，即渡江回家，天气又热，展转不寐。闻梦闲时时痛楚，大约距分娩期近矣。

十一日　早凉甚　午后雷雨频作　七月十八日　星期日

五时半起，梦闲腹痛甚。六时命夏仆至医院请产科医生，八时来，梦闲痛时止。十一时余偶检《诗均》，占何时可生产，得"申"字又"伸"字，当在申时也。天热甚，虑孕妇吃亏，至下午七时一刻方产一男，大小均安。此儿余早已起名定生，因不忘孟夫人事，拟字小兰，归宗胡姓。十时医生看护方去。余今日甚倦，先着急未多食，且馁而疲矣。十一时寝。

十二日　晴热　七月十九　星期一

七时起，九时到会，午后未去。在家清理各事，梦闲身体甚好,小儿食量甚大,乳未至,时时啼声作。晚约甥妇明晨来喂乳。十一时寝。

十三日　晴热　七月二十日　星期二

七时起,闻甥妇来喂乳。八时开饭,九时到会。伯阳来谈片刻去。午后在家料理进香祀祖及孟夫人,佑小儿强壮也。晚未作事。十二时寝。

十四日　晴热甚　午后四时半大风雷雨旋止　晚八时大雨如注　七月廿一日　星期三

七时起,八时到会,十二时归。午后天热如蒸,寒暑表九十六七度。室内外郁闷异常,午后四时半大雨改凉,晚更甚,风雷震撼可畏也。屋漏甚。余以电灯乍息未寝,展转至转钟二时方睡。

十五日　早大雨至午后二时方止　七月廿二日　星期四

八时半起,因雨大未到会。小儿食量大增,无乳应之。午后小睡三时许,晚甚凉,未出门。欲写信,以身倦中止。十二时寝。

十六日　晴热　七月廿三　星期五

七时起,八时到会。午后热甚,傍晚看《续酉阳杂俎》,初集余已阅过,事隔五年,以前了不记忆。续集记事无多希奇,惟记梁武帝误杀僧人事。僧被杀时曾谓武帝昔为蚯蚓,僧以铁叉误杀之,今日故相报也云云。余八九岁时在籍看高腔戏,曾听同居朱益舟云此事,今日方知戏亦有所本也。晚十二时寝。

十七日 晴热 闷 午后大雨三次 七月廿四 星期六

七时起,上午到会。下午二时半往财厅,已入门值暴雨至,帽衫尽湿。旋晴,又大雨,殆回家后又暴雨,闻之山后各街来人则未见雨也。四时半渡江访傅端屏,与何橙之、周朋臣、张少白诸同学遇,谈二时许出,便访佛波,渠寓中热甚,略谈即渡江。十一时不能看书,热甚,不能安寝。

十八日 晴热甚 午后大雨数次 晚雨更大 七月廿五日 星期日

七时起,九时阅《剪桐载笔》二本,清人著,文笔甚弱,记事简而欠雅驯,无怪乎在当日与现代均不甚著名也。午后二时往访严立三先生,前日傅端平带口信约谈者也,至则见其以斧砸土,似补地平者,脱略甚,与谈二小时。立三近来研究经学,所谈颇有心得,亦发前人所未发者。与余谈词章，多有凿枘不相入。继谈近事，惟涉及政治多消责语，亦不愿多谈，并述及去秋曾只身到陕洛各故都凭吊，考形胜，步行吃苦，殊可钦佩。四时半辞出回家，大雨如注。晚阅《续酉阳杂俎》《西京杂记》俱毕矣。十二时寝。

十九日　晴热　闷甚　雨数次　七月廿六日　星期一

七时起，八时到会。今日为小儿定生九朝，照例祀祖宗并孟夫人，因梦闲言连夕似孟夫人来诉或呈不豫之色也。天热未能请客。晚看《剪桐载笔》已竣。十二时寝。

二十日　晴热甚　七月廿七日　星期二

七时起，九时到会。午后天热如蒸。阅李莼客骈文上半册，晚间热甚，不能寝。

廿二日　晴热　闷极　九十二度以上　七月廿九日　星期四

七时起，八时到会。午后复张立群、方主席函。晚热甚，阅李文清公集，文字语录无甚精警处，涉猎二册毕。十二时寝。

廿三日　晴热　闷甚　七月卅日　星期五

七时起，八时到会。午后阅姜曙东《继襄曲集》《梧桐泪》《江汉泪》等集，填词雅驯。余昔只知其能古文，不知其能填词也。姜为前武昌府知府，陈树屏之舅父。光绪某科举人，丙寅夏余长沙市征收局时，彼适为江陵县知事，政变后，财产散失。庚午余在安庆晤谈数次。迩时姜居皖城行医，窘困万状，年逾七十矣。文人晚景如此，可叹耳。晚热未作事，十二时寝。

民国二十六年（1937年）　六月

廿四日　晴热　闷极　九十四度　七月卅一日　星期六

七时起，八时到会。午后闷热不能作一事，晚稍凉，十二时寝。

廿五日　晴热　九十三度　小雨一次　八月一日　星期日

七时起，九时半与胡森同渡江至扬子街口，为定生儿买一西式小铁床。命胡先渡江，余送款至李宅略坐，佛波未起，无甚新闻也。渡江吃饭，已下午三时矣。闷热，食冰一盏，稍解凉，晚未作事。十二时半寝。

廿六日　晴热甚　九十五度　晚有北风稍凉　八月二日　星期一

七时起，八时到会。十时闻喻育之云，省政府纪念周，黄主席训话至一时许，多慷慨语，惜其间多伪语云云。噫，民国近年以来吹牛说大话者比比皆是，又何怪乎？午后三时阅报，见华兵不振，日祸方急，甚为愤慨。晚听收音机，无多报告。十二时寝。

廿七日　晴　大北风　八十九度　八月三日　星期二

八时起，九时到会。午后阅报，知前日即八月一号晨三时豫鲁苏等省发生地震，汉口亦有感动，武昌则未之知也。今日大北风，系上海因感受海中飓风，沪市发生暴风雨，芜湖风灾甚烈，故武汉今日凉爽也。晚阅《清代掌故汇辑》，故宫博物馆出版，皆集印旧时档案、谕旨诸事，可与清朝文字狱有关系也。十一时寝。

廿八日　阴　大北风　八十二度　小雨　八月四日　星期三

七时起，八时到会。阅报知中华军队原驻未动，并无战事。惟日军在天津炸毁民居及各建筑之大者，各文化机关、南开大学等等炸之净尽矣，甚为惋惜。午后清理书籍。近三日市民迁汉口租界及回各县者极多，人心慌乱。晚间以时局紧张，余亦未外出。十二时寝。

廿九日　晴　小雨时作　午后二时大雨　八月五日　星期四

七时起，八时到会，方主席昨日来函，欲送往沈碧舫一阅，催办决算者也。午后二时，大雨如注。晚听收音机，阅法时帆所编之《槐厅载笔》《清秘述闻》等书，见清初直省解元多填补某科进士者，大抵皆在明代崇祯间已中进士，入清再补入者欤？又会试作同考官者多明代某科进士词林，此即钱牧斋入清代仍掌文衡故辙。呜呼！此皆二臣热心利禄者，其视王船山、黄梨洲、顾炎武、杜茶村诸人能无愧耶？晚间谣言仍甚，十二时寝。转钟三时梦先君，不异平时，似与余商议某事，谓须往就云云。

七月

初一日　晴热　大雨数次　八月六日　星期五

七时起,九时到会。午后阅《槐厅载笔》。功名取得多有前定者,可见文章虽佳不入试官之意,皆有命运存焉。近十年来,学校出身多系运动关节,则又不关乎命运矣!晚听收音机,华北战事不利,十二时寝。

初二日　晴热　小雨数次　八月七日　星期六

七时起,九时到会,阅文件。午后阅报,阅《清秘述闻》已毕。晚间外出一次,写信二件。听收音机,知华北战事近日沉寂,汉口日租界有督交市政府收管之说,人心稍安,迁居者顿减。十二时寝。

初三日　晴热甚　大雨数次　九十三度以上　八月八日　星期日　今日立秋节

七时起,十时饭毕,十二时渡江至佛波寓谈甚久,四时半渡江回家,饭后阅《槐厅载笔》已竣。明日当另借他书阅之。十二时寝。

初四日　晴热甚　大雨时行　八月九日　星期一

七时起,八时到会,午后未去。二时得南京叶炳然函,知中央尚未决然主战。五时则复各处函,以身倦中止。然近三年未作事,每每如此,欲提笔竟倦怠,老象已至,无锐气也。然必矫正之。晚十二时寝。

初五日　晴雨无定　热甚　大风暴一次　八月十日　星期二

七时起，八时到会取款，连日因买蛋开消小礼，用钱极多。已印红帖五十份，俾小儿定生满月请客之用。午后阅《掌故丛编》十册已毕，不过匆匆涉猎。幼时喜阅书，能记忆，而贫无力购买，县中又少可借阅之家。廿岁肄业省垣，有书可借，而学校功课过多所累，无暇阅他书。校中有南北二书库，藏书多而不能借也。戊申湖北图书馆成立后，余于星期日仅往三次借得《李义山全集》及《江村消夏录》《庚子消夏记》，涉猎一次，时间短促，迄时该馆又不允借书外出。古人谓有福读书，余今有书可看又不记忆，真无福矣！晚甚凉，十时半寝。

初六日　早阴晴不定　午后大雨如注　风暴作　八月十一日　星期三

五时醒，因同屋马培梓送其戚刘君回汴，扰扰不能睡熟。九时起,王德载来谈甚久,并借洋二元去,彼实甚窘也。午后一时到会,写请客帖付邮发出。三时半大风暴雨,闻连日水涨,堤防可危,不需雨也。晚听收音机,知日界日领事下旗回国,侨民去尽矣。十一时补写日记,欲覆方主席函,以精力不继遂止。十二时寝。

初七日　晴阴无定　小雨数次凉甚　八月十二日　星期四

七时起,八时到会,无多事。午后寇生顺镕来求荐信。晚复邓实等各处信,并为之改诗二首。十二时半寝。

初八日　阴　小雨数次凉甚　八月十三日　星期五

八时起,九时到会,久候李次瑜不来,作二函与之取款用也。今夕为孟夫人忌日,距其殁期已满四年矣。每一忆及,为之泫然,使孟夫人在,余少操许多心,省许多烦矣。晚十时半设酒肴致祭焚楮,约一时许毕。上海战事已开始。听收音机,知闸北、江湾等地中华军队甚多,日舰已驶至黄浦江矣,宝山路火起云云。十二时半寝。

初九日　晴　小雨　八月十四日　星期六

七时起,八时到会,午后未去。连日阅报知我军胜利,可喜也。图书馆近日不肯借书,并无他书可阅,殊愁闷耳。晚十二时寝。

初十日　晴热甚　大雾一次　八月十五日　星期日

八时起,今日请男女客。定生儿弥月系明日,以星期客来者便利,特改为十日午正也。男宾范寄沧先来。午后二时开席二桌。女客赵太太迟来,开席一桌。热不可耐,晚十二时方罢。气候又转凉爽。十二时半寝。

十一日　晴　大雨二次　八月十六日　星期一

九时起，昨已命厚训回乡祀祖，并带根生、迟生两儿来考学校。明日国历十七，须赶到，十八可考试也。晚闻我军又大胜，可喜也。十二时寝。

十二日　晴热　晚大雨如注　八月十七日　星期二

七时起，八时访严适之，为根生考高中事，须面托之。十时到厚训寓探询，值迟、根两儿已与厚训同来，又引根生谒适之谈各事。午后未到会。晚分嘱两儿明晨考高中、初中各事。十二时寝。

十三日　晴热甚　晚雨　八十八度　八月十六日　星期三

六时起，呼两儿准备各件去考试，七时各雇车去，余亦到会。午后闻根生所考各门功课均不佳，迟生所考尚好，惟算术一题未答耳。晚听收音机，知我军又胜利，可喜。晚十二时寝。

十四日　晴热甚　八十八度　月色如画　八月十九日

七时起，闻根生又去考试。午后二时闻省政府得电，有敌机三架自上海来袭击武汉，各职员纷纷逃出。路人见此亦纷纷逃乱，秩序顿变，而所谓代主席卢铸，各厅长如孟广澎辈，均未到省政府也。扰扰至下午四时半方安靖。敌人注重武汉，意料所及，盖各大商埠日本侨民去尽，敌方正可遂其奸谋，无所顾忌也。晚十二时寝，梦先母杂众人中看飞机。

民国二十六年（1937年）　七月

十五日　晴热甚　八十八度　月色大佳　八月二十日　星期五

晨四时，闻天空飞机声不断，余惊起后，妪谓已放警号数次矣。五时遂起，见我国飞机十馀架飞高空中。门外戒严，无人行走，八时方解严。九时到会，十时访方主席，彼新自牯岭归也。谈半时，回家午餐，天热如蒸。晚闻我军又胜利，极慰。十一时半倦甚，欲寝，形神极不安。昨梦先母杂群众中看飞机，着青衣服，余命迟生赶上呼之。今夕手肘掣动而醒。旋闻警报，知又有敌机飞来，遂起坐，闻戒严，至转钟二时方再寝。

十六日　晴热甚　九十度　八月廿一日　星期六

八时起，九时到会。十一时又戒严。午后再到会，打电话，写信二件。晚月色甚朗，热气未散，不能成寐。

十七日　晴热　八十八度　八月廿二日　星期日

七时起，今日本拟渡江，又恐戒严不便。午后在家中，嘱根生、迟生补习功课。晚热未出门，十二时寝。

十八日　晴热甚　九十度　八月廿三日　星期一

七时起，九时到会。午后天热。阅报知我军节节胜利，极为心慰。近来武汉居家者时迁时返。又闻敌机前日在青山投炸弹三枚，又在鄂城金家畈投弹二枚，人畜俱有死伤云。晚阅号外，知我军仍大胜。连日午后各报馆均有号外出售。武汉市民争先购买，可见人心均爱国家爱种族也。十二时寝。

民国二十六年（1937年）　七月

十九日　晴热　八十九度　八月廿四日　星期二

七时起，今晨根生赴一中口试，以其笔试太低，嘱田靖、严适之等设法维持。时局不靖，而考试学生犹五六百人，仅五十名之正取学生，何时能谈到教育普及耶。近廿年来，家中资者只能勉强撑持为子求学，稍次家事，则望洋兴叹而已。省三中学年需百二十元，私立中学年需二百元，寒生只有改途，此其昔人所谓"上品无寒门"者也。迟儿昨已口试录取，今秋住中学，每季亦非四十八九元不可。晚阅各报，十二时寝。

二十日　晴热　八十九度　八月廿五日　星期三

七时起，八时到会。午后为两儿学膳费事向曹蕙村挪款六十元，因学生多，缴费有期限，迟一日即以备取生补入也，命夏仆送往曹宅，约以明晨往取款。晚热，听收音机，购号外，阅看我军大胜云云。十二时寝。

廿一日　晴热　八十八度　八月廿六日　星期四

七时起，八时到会。十一时访方主席，闻鄂主席已易胡今予矣。晚无所事，阅报及杂书。根生准备明晨回家，嘱夏仆明晨往送之。十一时寝。

廿二日　阴　热　八月廿七日　星期五

六时呼根生同夏仆雇车去，九时到会。午后为迟生到九中缴学膳费。今日为阳历孔子圣诞节，各机关放假半日。孔子圣诞原系阴历八月廿七，前年中央改定就阳历者也。三时渡江，四时访李佛波谈各事，在美生馆吃点心，五时半回家，十二时寝。

民国二十六年（1937年）　七月

廿三日　晴热甚　八十八度　八月廿八日　星期六

七时起，八时半张渭泉来，谈为其子考插班事。盖新自南京归者，彼坐二小时方去，并述其二子不孝事，余前已厌闻矣。午后会中开例会，决议要案八件，五时归。连日为根生、迟生两儿学膳书籍费计用五十馀元，但火食仅缴一月耳。读书不易也。晚十二时寝。

廿四日　晴热甚　八十九度　八月廿九日　星期日

八时起，午后三时周德裕、潘仲平来谈甚久去。六时闻空袭警报，街市即刻戒严矣，八时方解除。十二时寝。

廿五日　晴热甚　八十九度　八月三十日　星期一

六时半起，送迟生儿至九中上课，便为之购字帖抄本等件，十时到会。午后天热，较二伏尤甚，节逾处暑，犹如此酷热，奇哉。晚教迟儿英文字母等事，十二时寝。

廿六日　晴　酷热　九十度上下　八月三十一日　星期二

七时起，命迟生早上学，九时到会，写信三件。午后热甚，未去看书，心不定，小睡亦不稳。晚间更不能作事也。天变于上，外患方殷，可以警吾民族矣。十二时寝。

廿七日　晴　酷热　九十度上下　晚六时大北风起　九月一日　星期三

七时起，九时到会。午后天热如蒸，小睡不成寝。三时张渭泉引其子女来，请盖保结，谈一时许去。晚欲写复各处信，以热中止，十二时寝。

民国二十六年（1937年）　七月

廿八日　晴　酷热　九十二度　晚六时大北风起　九月二日　星期四

六时起，命迟儿上课，嘱带火食宿费去，十时到会。午后根生自县中来，傍晚卢克发、张炯威同来，谈卢宅近事，一时许方去。晚以大北风凉甚，补写日记，早寝。张今夕述其父渭泉之恶，口讲指画，余申斥之乃已。

廿九日　早晴　午后热　八十九度　晚凉　九月三日　星期五

六时半起，迟儿昨宿家中，命其早上学也。九时到会。午后阅浙江王子裳比部《道西斋日记》，首有光绪丁亥许景澄一序，盖自欧洲回国，经英美日本所记诸事也。王原充德国使署参赞，记中备述西人枪炮制作，记海行经纬线甚悉，当时眼光亦有见及后四十年之事者。子裳，黄岩人，名咏霓。昨今两夕观毕，十二时寝。

三十日 晴 酷热 九十度 九月四日 星期六

七时起,八时到会。方主席来与谈各事。午后热甚,室内外如蒸,不可耐。晚阅崔国英出使美日等国日记毕。崔不通西、日文,系以侍郎资格简放者,事在光绪十三年以后,其记事无多可采也。

八月

初一日　晴　酷热　九十一度　九月五日　星期日

七时起，已热不可耐，盖昨夕无风，热度未退也。今日不能外出，迟生亦未回家。前日嘱其星期六晚归食宿，彼竟未遵行。阅《容斋随笔》，宋人洪迈著，纪事多名贵，详人所略，读书得间之作也。午后热度更增，卧坐均不安，室内外如火灼。今年处暑以后其热较二伏尤烈，宁非异事耶？晚间至展转不寐。按洪迈字景卢，鄱阳人，谥文敏，由右史出守赣州。

初二日　晴热甚　九十二度　晚八时仍八十八度　九月六日　星期一

七时起，热不可耐，九时到会，热度九十度矣。大概今年以今日为最热。闻方主席早曾到会，未之晤也。午后梦闲往医院看病，余在后宅小睡，热甚，又至前室席地卧一小时。傍晚李蔼臣来谈各事，九时热度未退，余卧堂屋中。十二时寝不成寐，转钟一时小北风起，二时北风大作，乃入房中卧，自是渐闻暴风至矣。

初三日　晴　大北风　转凉　寒暑表降至七十六度　九月七日　星期二

七时起，八时到会。午后欲访方主席，值朱卓尔来访，途遇之，均下车，乃返余宅谈甚久。又同往李蔼臣家，未遇，留字出。余遂访方主席，谈半时许归。饭毕李蔼臣来，遂与同访卓尔，又未遇，亦留字出。今夕转凉，作事之时也。以行路身疲竟早寝。

初四日　晴凉　今日白露　九月八日　星期三

八时起，九时到会。午后往访卓尔，便约其明日来家

民国二十六年（1937年）　八月

便饭，与谈一时许出。晚间周淬成来谈，彼新自藕池回家者也。九时补写日记，十一时寝。

初五日　晴阴不定凉　九月九日　星期四

七时半起，八时半到会，十时半往访曹蕙村、朱卓尔，请其准时到家晚饭。五时淬成来，略坐即开席，卓尔伤风，未食菜即休息，并约明午后一时渡江访仲苏也。晚听收音机，并阅《容斋随笔》《学古堂日记》，并有文一篇，为吴县凤叙曾竹荪所作。十二时寝。叙曾为余中西报馆前同事。

初六日　晴热　九月十日　星期五

七时起，九时到会。午后清理各事，欲回鄂城。以会中所给之款不足，拟明日再设法借款也，方主席复函，谓去函财厅一催。余事进行在两月以前，总之牵延，忽又值国难期临，致至今尚未收效。去岁可进行而不便定，迟至今年，既定之且行之矣。而尚不能实现，勿乃国运及自身运气有关耶？晚至横街购得《安士全书》一部，余昔欲购之而未遇者也。十二时寝。

初七日　晴热　九月十一日　星期六

七时起，八时刘伯阳来谈甚久去。十时到会问之，李次瑜仍无款，殊可恶也。午后清理各事，小睡二时许，甚适。晚间朱唐庄来二人，谈其湾间命案已调解，湖案未了。余以清衣物头痛目眩，甚厌闻之。今日上午九时往同仁医院看病一次，挂号而曾医生检验谓无病，但肝下作痛，未完全愈。渠欲开购黑丸药，余谢之，谓服此甚久，无甚验，遂改服药水，迩时亦未买，遂出。今正午剃头一次，并剃去短须髯，嘱剃匠推头额左部，亦未效。虚火甚，此疾已十馀年矣，奈何。痛时青筋隆起，此症惜无高明医生为余诊之也！十二时寝。

民国二十六年(1937年)　八月

初八日　阴　早小雨　午后八时雨　九月十二日　星期日

六时即醒,遂起,九时半赴汪南畴家奉看,途遇周淬成,遂同往,与谈一时许归。午饭后淬成剌剌不休,谈调他县区员之事。重重复复,皆言此事也。其脑筋欠灵敏,数年来如此,奈何。晚间清理各事毕,因定生儿时啼,命夏仆买楮焚香祀孟夫人,求其佑子也。十一时补写日记,明日拟回县,早寝。

初九日　阴雨　晚十一时大风　九月十三日　星期一

五时起,呼夏仆,漱洗毕,雇车至平湖门码头,询知今日无下水船,各船俱载兵队往南京。至汽车站问,则云九时半有汽车往鄂城,天雨则不行矣。余遂返家,命根生随原车到校去。七时小睡,八时半醒,天雨知无汽①以□

---

① 汽,后疑脱"车"字。

雨渐大矣,下午一时所开行之汽车更不可靠。午后朱卓尔来谈,便留晚餐,谈甚久去。晚命夏仆探讯,问及航政局,谓明晨有船开,遂再清理各事。十二时寝。

初十日　晴　早寒甚　九月十四日　星期二

四时醒,闻大北风未息,雨亦未止。五时起,夏仆云风大,八时再起,命夏探有无汽车。九时谭菊畦来谈,王兴仁又来,借洋一元去。正午搭汽车,遇宋济贤让位乃得坐。二时半到鄂城,抵家小憩,即寻昆山来谈,饭后登城,见江水仍大,晚十一时寝。

十一日　阴　小雨　九月十五日

七时起,午后往看刘心斋、谢服初,闻刘已调局矣。时十二时寝。

十二日　阴　小雨数次　九月十六日

五时起,艾少泉送余搭汽车,与周子南同车到巴铺下,雇轿到胡林□学屋中。午后开校务会议,集学生训话,乡人多来过访,询各事,一一答之。迟至夜转钟二时寝。今日看祖山,寻各祖坟。

十三日　阴　早小雨　旋大雨　九月十七日

七时起,乡间已备轿,余到段家店,此地已廿三年不到矣。访汪志道、宏辅,均晤及。在胡同盛午餐,尹县长自县中来,便访,与谈各事,因雨未能久留,仅至街中上下一看,隔廿年未到,此处竟成闹市矣。回二林庄与贵堂兄商续修宗谱事,并讨邦根六年前欠款。夜分方寝。

十四日　晴　九月十八日

六时起,贵堂兄已备船,嘱邦友送余至巴铺,与杨焱屏同回县,到巴铺换船。午前十一时即抵家,筹备秋节开消诸欠账,晚十时寝。

十五日　晴　今夕月色佳　九月十九日

七时起,八时乃命人送还各欠账,闻有贺客。下午无事,余与万内子及一妪在宅。前重未租人,屋大且旷冷如学署,两儿俱在省城,刘内子与定儿亦在省,真寂寞不耐矣。孟二奶来述祥焕未寄款诸事,此子不孝之可杀者,前屡函教训彼不听,奈何!晚祀月中庭。酒后十一时寝。

民国二十六年（1937年）　八月

十六日　晴　晚凉　九月廿日

七时起，九时半早饭，十一时带同艾少泉至河干候下水船。坐茶肆中，石镜卿来谈朱松茂馆事，老迈可怜，精神又差，实难教读。午后二时武安船到，三时半到兰溪，雇小船行十二里，至黄家湖搭汽车，四时半车开。五时一刻到顺来旅馆住，此浠水稍佳之旅馆也。晚饭后访控告人，门牌号数不对，就近邻询问无此人。访县党部刘干事，传二名来质，亦非控营业局者。访县长龚薰南询问各事。访商会主席，已往省未归，乃寻一粮食帮董万姓来谈，确知局中事最详。余遂宿党部，再候明晨万来回信，嘱少泉在旅馆宿，夜半被薄感寒，寝不安枕。

十七日　阴　早小雨　午后三时大雨时作　九月廿一日　星期二

昨夕睡时因被薄感寒，七时起床。九时半绍安请早餐，已代雇舆，十时起行，十一时半到六神港，便查控案保人，亦无此店名，遂雇舟行，因风逆又受寒。到南溪寻食馆数次，无不被水淹者，仅一家水稍浅，仍污秽。四时食稀饭一盂，便晤成区长，嘱便查各事。五时上水船来，遂冒雨与艾少泉上船，船满载客，无立足地，仅于帐房外走槛边以包袱垫坐，艾则立走槛边。人臭不可闻，舱内所出之气不可向迩。行十馀里，大风小雨交作，以伞御之，不能全遮。载重行迟，七时半始抵家，已疲倦不堪矣。饭后竟睡，终夕昏昏，稍寐即醒，头痛发寒，颇以为苦。

十八日　雨　竟日寒　九月廿二日

昨夜转钟时即闻雨声大作，八时醒，头骨痛，发热，十一时起。同居刘姓请客，坚请余到，不能拒之。同席者仅陈子贞一人认识，终席未吃菜。自开方服药，晚九时觉腹下有汗，上身无汗，饮食不进。八时寝，梦二青年人要求入谱，然不知为胡姓抑朱姓也。

十九日　阴寒　九月廿三日　星期四

今日病觉重，未起床。晚约久旂来书方，余报药名，柴胡发汗。余近廿年颇畏柴胡发汗，今夕不得已用之。九时服药，十二时汗出如渖。

二十日　阴寒　九月廿四日

六时半起，汗出病已大减。八时姚福平来诊脉立方，谓右脉滑，恐转三阴，仍用柴胡、油朴等药。余因病已松，俟晚间再说。五时闻城内戒严，谓有敌机十架袭武汉，尹县长惶惶无主张，亦不闻打钟声，彼已逃出城矣。如此作官真害百姓矣。晚寝不安枕。

廿一日　晴热燥　八十六度　九月廿五日　星期六

六时起，至后院吐气，病三日，郁于房中，觉有气味也。太炳来，附有二函，并托各事去。十一时久旈来，说昨日敌机投弹十馀枚，炸汉口大泉隆巷、龟山兵工厂，附近死伤不少，武昌则未炸云云。未几，谢服初来，亦如此说。今日危险，幸余未在武汉，未受惊也。十二时寝。

廿二日　阴寒　九月廿六日　星期日

七时起，病未大愈，午后二时请范世齐、张渭泉、谢服初、姚福坪、陈子贞等便饭，五时散去。心念武汉，又不得其详，十一时寝。

廿三日　阴雨　九月廿七日　星期一

七时起，病未大愈，午后一时梦闲自武昌来电话，嘱余往省，并说汉口被炸事。借阅《武汉日报》知汉口前日被炸之处甚详。晚十一时寝。

民国二十六年（1937年）　八月

廿四日　阴雨　九月廿八日　星期二

七时起，八时半饭毕，十一时到江干搭汉福轮，以军队多，余未敢上，归家小睡，病亦未全好。晚万子云来，说明晨有汽车可搭，汽车较快也。余允之，清理各事，十二时寝。

廿五日　阴　午后晴　旋小雨　九月廿九日

五时起，饮汤半盂，六时半同艾少泉出城。七时开车，十一时先到会，问厚训从前汉阳被炸情形毕。回家饭后与梦闲商议回胡林暂避事，十一时寝。

廿六日　阴　午后晴　小雨时雨时晴　为四月天气　九月三十日　星期四

七时往朱怀冰宅，请朱太太先用电话告知胡舜生，约余即过谈,托其代雇车。彼约王段长来,面嘱明日可派专车,需洋二十元。晚命厚训去交涉,则云明日不可靠,遂止。晚十二时寝。

廿七日　阴晴不定　十月一日

八时起,未到会。嘱厚训交涉汽车事。晚五时五十分警报来,敌机又来武汉,人心惶惶,六时半解严。准备梦闲等明晨回乡,扰扰未能安睡。

廿八日　阴　上午十时半小雨　晚大雨数次　十月二日　星期六

七时起,八时半饭毕。陈仆来上工,九时车已到门口,梦闲带同皮姬、定儿、天喜、丙丞、国桢、少泉诸仆从,厚训夫妇并其子女,并行李箱子共廿馀件。车大人众,九时半开行。十时半访田润时、陆润甲,并约迟生回宅。访张渭泉之妻,谈各事,访方主席谈各事。午后到会，晚间余与陈仆在家极为寂寞，听收音机遣闷，或与同屋马培梓君一谈各事而已。十二时寝。

廿九日　晨小雨如雾　时作时止　十月三日　星期日

七时起，马培梓定今日迁出。十时刘伯阳来谈，李蔼诚来坐，片刻去。午后迟生回校。因宅中人少，余已命其改为走读生，过数日令其回家宿也。王燕喜家搬物件来存后宅中。今夕仅余与陈仆住此两重屋，清冷至极，记民国十九年，余与孟夫人迁入此宅时，尚有四人居之，今夕更清冷矣。十二时寝。

九月

初一日　晨小雨如雾　八时半大雨转晴　旋又小雨　十月四日　星期一

七时起，嘱陈仆早办饭，十二时饭毕到会。李、喻来，彭病假，厚训回鄂城未归。余不知梦闲等回乡后信息，焦灼甚。近来天气时雨转晴，如四月天气，奇矣。午后三时自会渡江访佛波，知仍未起，彼上月向余屡言正午能起床者，伪也。与其妻子谈半时出，然心惴惴焉，虑有空袭警报，车行不敢停留。四时二十分搭建阳轮，轮开到武昌，望鹤楼不远，余忽闻警报，舟中人似尚不觉者，轮欲靠岸，全船人方知之，心慌意乱者多。抵趸船时，航警呼乘客速登岸，余亦急行至汪万顺米店，稍憩即闻二次警报作矣。飞机已起者三架，敌机似尚未到。与文阶略谈，其妻请余进食，亦勉强食半碗即止。六时五分闻解严，遂雇车匆匆回宅。今日本意不愿渡江，私心度之，警报之来总在六时前后一刻，初不料五时五分即来警报也。心有狐疑，即不应渡江，真自受骇矣。八时饭毕，十时听收音机。十一时寝，展转不寐。万邦兴来求写信。

初二日　晨晴　以后阴　十月五日　星期二

七时起，八时命陈仆买菜，王燕喜家中器具昨今两日俱搬入余后宅中矣。昨夕前夕室中前后重仅余与陈仆二人，寂寞甚。夏仆胆小如鼠，已携眷返乡，设无陈仆，余不知寄居何处矣。一家人分作五处住，两儿各住校中，梦闲在胡林住，万夫人在鄂城住，微论财力不足，即足亦不能支持，奈何！奈何！正午到会，向李借款。厚训自鄂城来，方知梦闲回乡的信。午后二时送款与迟生，在黄均章家取衣服回宅。饭后厚训、根生先后来，根生取洋二元去。夏赋初、宋济贤先后来谈，片刻去。往王宅送行，燕喜家老幼今夕乘轮回黄州也。晚仍寂寞，十一时寝。

初三日　阴　下午小雨　十月二日

七时起,九时到会,十时访方主席,便遇水叔平、许艺农,各就其家坐片刻出。午饭后再至会,并访汪南畴,看彭受虚病,得刘伯阳电话,转述夏赋初之意。三时半归,四时迟生回家,晚饭后嘱厚训送之至校。晚作会中报告,全摘抄汪曹等报告中语,手已僵矣。十二时方寝。今日夏炳丞自胡二林来述各语。

初四日　阴　午后小雨　十月七日　星期四

七时起,九时朱阳春来,嘱其带炳丞去讨欠租,该黄姓木匠仍未与也。今日未到会,上午十时至晚十时作签呈已毕,中间曾往刘莘三寓一谈。十二时寝,梦极不佳,谓余预备做江阴县城隍,制金字衔额。

民国二十六年（1937年） 九月

初五日　早阴　小雨　午后五时大雨竟夕　十月八日 星期五

七时起，九时到会，办提案已毕。朱祐廷来谈，谓即日回浠水乡间，住其戚家。午后未到会，三时迟儿自校归。四时五十分正值晚餐时闻警报，敌机又袭武汉，大雨淋漓，人心慌甚，六时半方解严。幸今晨夏炳丞已回胡林，免受此惊骇。晚留迟儿宿家中，余以整理会中提案，至十时方毕。今日正午吴晓云来，云财厅有补余为督征员消息，因熊小潘辞职，始而慰留，继得方主席函，遂将慰留文撤回，拟签呈会议提案云云。吴坐一时许方去，午后二时访赵少钦未遇，晚十一时半寝。

初六日　阴雨　今日寒露节　十月九日　星期六

七时嘱仆为迟儿雇车到校，余八时起，九时将提案办就。午饭后至会中。一时方、沈俱来，二时半开会，无多报告，仅余报告各调查员查四十四县已竣事，函省府惩办贪污□征官吏案，时间较长。四时半散会即回家，根生、迟生俱归，晚餐后以天雨不能外出，闷甚，十一时寝。

初七日　阴　偶见阳光　晚雨十月十日　星期日

七时半起，崔妪来为两儿上被卧，并为余洗衣服。罗国贞帮忙洗天井诸事，室内外久不拂抹，极不洁也。午饭后根生先回校，迟儿晚饭后方去。理发一次，晚听收音机，无声，昨晚忽不灵，天雨烦闷，欲借此解闷，乃凑巧如此，奇哉。十二时寝。

初八日　阴雨　午后大北风　寒甚　雨时作　十月十一日　星期一

七时半起，九时到会，十一时归。大雨时作，天气愁惨如冬月。饭后接蕴玉自黄安来函借款零用，接鄂城家信催寄款还木料及整屋之款，而会中李次瑜今日不到，无款可支,殊可恶也。晚间电灯忽坏,再换一泡,则全屋四盏俱坏。今年安电灯后,计坏泡子十馀枚,每枚一角六分,计已损失二元矣。点洋油不合算,但电灯先付接火费四元、安灯费廿二元,尚有押金十元,是已先垫物价廿六七元,而每月付电费至少三元馀。分摊此七个月中,每月需用灯费六元馀矣。反不及点煤油之便宜也。近日天寒,傍晚蚊虫仍嚼人,亦奇事,真乖气致异矣。补作会中函省府稿至十二时寝。

初九日　阴　小雨　十月十二日

七时起,九时到会,办送省府惩办各税局稿,十二时归。饭后命罗仆寻夏长生来,因昨晨胡松林自乡间带梦闲手书来,必欲长生往乡间也。便买茶叶、万金油、益母膏等件,明日付长生带回乡间。晚间仍为会中办稿,至十二时寝。

初十日　晴　十月十三日　星期三

八时起，九时到会，办例稿。午后未去，二时周亲家母来谈二时去，知其来省已久矣。晚间清理各事。近两月中晴霁时少，大水未退，战争尤烈，天灾人祸相逼而来，吾国何时得天佑而自强耶？晚刘萃三来，谈甚久去，十二时寝。

十一日　早晴　晚小雨时作　十月十四日　星期四

七时起，九时到会，办函财政部稿与前日所办省府稿，意同而事实加重。午后未去。三时赵朗山来，谓厅中昨具签呈，今日秘书处另签，谓督征员改为整理田赋委员，只有三个半月，余补熊缺，熊亦须得半月薪公各费云云。余勉强应之，谓提会通过与否无甚关系，因余之志不在此也。赵坐半时去，晚刘萃三来，谈二小时方去，十一时疲甚遂寝。

民国二十六年（1937年） 九月

十二日 早阴 旋雨 午后风雨交作寒甚 十月十五日 星期五

昨睡极不安，隔壁疯妪终夜胡言不息，真扰乱可恶。九时始起，十时到会，嘱陈书记将各稿送方、沈详细阅之，因文长，字句须斟酌也。午饭后风大甚寒，未到会。五时嘱罗国贞办楮蜡等件并供碗三样，明晨为先母八十三冥诞，例须于先一夕奉祭也。先母灵位尚未除，满拟今春二月可举行；而是时余适在省患病，继思改为七月，未果，继欲改为九月。倭祸方深，余更为财政所迫，欲举行禫祭礼而未能。言之痛心，使此月能得稍优差事，至迟腊月间必举行之。九时具供进香焚楮于先母像前，心中悲痛无已。十时清理各事，今午已将室中字画更换一次。厚训今晨出差嘉鱼，陈仆感寒疾大吐，幸有罗国贞在此，不然一切无人照顾矣。十二时寝。

十三日　晴寒　十月十六日　星期六

八时起，九时到会，闻根生曾来会一次。午后迟生自校归，根生病疟亦回家。晚饭后嘱罗国贞请葛医未果，余以防风、白芷等药，嘱其发汗早睡，未敢断其为疟疾也。办会中报告至十二时寝。

十四日　晴　十月十七日　星期日

七时起，崔妪来，嘱其将应洗衣服、被卧等件清理洗之。午前欲外出，未能。午后身倦小睡，三时复各处积压信件。晚八时葛医来为根生看病，认为疟疾甚轻，须服常山等药□之，明午前可吃药云云。晚办会中报告财部稿，因沈碧航约谈话，明晨须早到会。十一时寝。转钟三时伤风，鼻塞不可耐，自是寝不成寐。

民国二十六年（1937年） 九月

十五日 晴 十月十八日 星期一

七时起，王文达、曹汉丞来，久谈不去。九时到会，知沈碧舫曾来会，候余未至，已渡江矣。遂电话与沈谈片刻，约余午后渡江。十二时饭毕，来客二次，钟小山同学来谈至二时方去。余渡江访沈，与略谈改文稿事即出。至佛波寓，知其未起，不欲坐，心不安，恐有敌机来。久候至三时半，佛波方起，无多谈语，有某副官在座。余匆匆出，至一新点心馆食豆皮，又久候方食，匆匆渡江至江汉关，视大钟四时一刻，以为尚早。渡江后已四时四十分，雇车行至平湖门西街，闻头次警报，敌机来袭，而车夫不肯行，不得已往万邦兴家避之，至则彼全家已逃往三一堂矣。门役许某之妻在室，余告以故，遂暂避于此。少焉，许役回，颇招呼余，说数语而二次警报起。已见敌机三架飞天空，旋又来三架，见信号如电灯，自是炮声作矣。余以为敌机投炸弹声也，最后屋似有震动，余蹲于墙脚，又虑墙倾，心慌甚。至七时半，月出已久，方解严。雇车未就，步行归家。九月初一、十五俱在汉口，由李佛波寓中来，一隔于汉阳门汪万顺，一隔于平湖门万宅，受骇真有一定，且两次在江汉关见头一班船刚开。设先三分钟到，已先到武昌，不致受惊骇也。饭毕，询之根生，疾已愈，甚慰。晚十二时寝。

十六日　晴　夜月色佳　十月十九日　星期二

七时起，九时到会，午后未去。晚间阅《明语林》《宋稗类钞》等书已毕，十时写复各处紧要函，十一时寝。

十七日　晴　十月二十日　星期二

七时起，九时到会，用电话托艾浚川拨款廿元回家，午后亲送款到汉口紫来公栈，遇刘仲明之子。交款毕，二时至世界影戏院看抗战影片，嫌其太略，各戏院借此取巧而已。三时半匆匆渡江，虑有敌机来，到家四时半。五时厚训自嘉鱼县归，饭后小憩。六时十分闻空袭警报，六时半二次警报又来，心殊慌乱，久未见敌机，八时解严。夏炳丞今日自乡间来述各事，因警报，遂宿于此。写信二件，十二时寝。

十八日　晴　十月廿一日　星期四

七时起，九时到会，无多事。午后再去，办理各文稿，四时归。迟生因校中明日旅行，彼已请假回家，余令其补习弹琴，细察之，果忘记数段矣。三日不弹，手生荆棘，况数月耶。昨日伤风，鼻塞未愈，涕嚏时作，极以为苦。晚写信、买零件，备夏炳丞明晨回乡，转钟二时方寝。

十九日　晴　十月廿二日　星期五

七时起，九时到会，令迟生在家练习琴操。午后未到会，晚十一时寝。

二十日　晴　夜月明如昼　十月廿三日　星期六

八时起，伤风鼻塞，连日未痊，十时到会。午后未去，仍令迟生在家习琴，晚间外出一次，购各零件，九时写信毕。十二时寝，转钟二时忽闻警报，二时廿分闻机声，果日机也。未几，似有三四架盘旋空中，余命根生、迟生俱起，并呼厚训，数闻我军发高射炮声、震动声，是时月较望日尤明，奇矣。余亦未见敌机在何处也。扰扰至四时半方解严，然已饱受惊矣。五时再解衣寝。

廿一日　晴　今日霜降　十月廿四日　星期日

八时起，十时饭后嘱厚训、更生、迟生同往公园游览。余以家中无人，与陈仆清理各事，不能外出。晚饭后往刘萃三处略坐谈归，十二时寝。

民国二十六年（1937年）　九月

廿二日　晴　十月廿五日　星期一

七时起，迟儿已上学。十时到会，无多事。昨夕方公馆请余，必欲李佛波渡江来圆光，遂用电话请其今日午后三时要起床，便余来约也。午后在家小睡，四时方宅汽车来，乘往汉阳门，与喻仆同渡江到李宅，四时三刻矣。候李同渡江到方宅，余馁甚。饭后佛波施术进神看光，小孩多云时时闪光，不甚了了，亦无结果而散。送李渡江后，余匆匆归。今日饮食不调，入夜展转不寐，起床数次。李约方太太明午后再带孩子往汉看光。

廿三日　晴燥　十月廿六日　星期二

八时起，九时到会，十一时仍用电话约方公馆与李处今晚复看圆光。午饭后车行，沿途小虫如织，近一旬中如此，满街触人，目不能视，小不及胡麻，午后遮天，奇矣。三时渡江在佛波寓闲谈，五时方太太来带孩子看光，俱不见,旋由喻仆觅三男女孩来看,亦不见。彼此均无意识,几不能解决,后以书符请方太太带回公馆了事。余甚悔冒昧作介绍人也。晚九时渡江,饭后小憩,欲为胡林族间作谱序,心乱如麻,未能动笔,十二时寝。

廿四日 阴 晚雨 十月廿七日 星期三

八时起,九时到会,催写送省府文。午后在家,欲作胡林盖谱序,材料已有,身懒于执笔。近数年来未作事,无勇气如此,老境侵寻,奈何奈何。晚胡林太高之子名稚山者来,云为族间买棕根为刷谱用也。并嘱迟儿与同往书店买算学贰拾馀本。写信,带物与梦闲,附一函,命稚山明晨带去。十二时与之说谱事甚久,转钟一时方寝。

廿五日 雨 寒 十月廿八日 星期四

八时起,九时到会。午后未去,清理室中各事,愈清愈不了,一因室小书案又窄故也。晚欲作谱序又止,无毅力，致每事拖延，老境如此，心绪又不宁，奈何！余近来每欲晚间作文构思，但一欲秉笔则近十二时矣，遂寝中止。

廿六日　大风　阴寒　十月廿九日

七时起，九时到会。连日阅报，知沪战我军已退出闸北，势颇危险。吾国物质缺乏，数年来内战频仍，实力已消于自相攻伐，致不能多购新武器以对外，殊可惜也。晚间又欲作谱序，中止，然则何时可作耶。所借参考诸书置之未阅，心绪纷乱，奈何。十二时倦甚，遂寝。

廿七日　阴　晚小雨数次　十月三十日　星期六

八时起，九时到会。连日天呈愁惨状，沪战今日尚无胜负。午后伯阳来，与谈一时许去。迟儿、根儿晚回家。今日礼拜六，命根儿教迟儿英文。迟儿年幼，又不用心，余以其身长，今秋令其住中学，明知其力量太差，欲强之负重而已。盖不如此走近路,将来住高中,恐其年龄过大矣。晚间试目力,以一寸长五分宽之面积写六十馀字,能写能见,觉目力尚不异从前。虑目光减,带眼镜为苦,实欲省此一层麻烦耳。阅范周黄三氏谱序已毕,采其扼要语,明日当为吾族作谱序。十二时寝。

廿八日　雨　十月三十一日　星期日

八时起,根生、迟生、惠安俱在家吃饭。阅报,战事无进展。廖白泉派人送信来,云明天有汽车至鄂城,人数少,甚便也。晚饭后往访之,值其出,与其妻说数语出。准备明日回胡林一看。十一时寝。

廿九日　早阴　上午十时以后雨　十一月一日

五时半起,在家候车,至七时廖白泉方来,与同坐汽车,约一李姓往鄂城验萧步云汽车者也。又折而至公路局,又折而至汪三辅寓,与同车。八时半开,九时半到段家店。下车后，往胡同盛略坐，雇轿至胡林，到家饭后雨大作矣。午后夏炳丞亦自省来，晚至祖祠开会，为其炳改姓事。晚饭后与家人谈各事，小儿定生愈活泼可喜也。十二时寝。

三十日　雨　十一月二日

九时起，倦甚，十时松林亦自汉口回乡，询及各事。午后二时至祖祠，为其炳事开会，为谱事、学校事谈二小时毕，雨大泥深极难行。余今岁回乡数次，每遇雨，亦奇事也！晚看定儿颇活泼，心甚慧，是儿或有凤根，三月馀即如此玲珑敏捷，目有神光，将来读书可继余志也！十二时寝，心不宁，难成寐，因忆陶诗，枕上默记其《读山海经》云："孟夏草木长，绕屋树扶疏。众鸟欣有托，吾亦爱吾庐。既耕亦已种，时还读我书。穷巷隔深辙，颇回故人车。欢然酌春酒，摘我园中蔬。微雨从东来，好风与之俱。泛览《周王传》，流观《山海图》。俯仰终宇宙，不乐复何如？"又记其《饮酒诗》曰："结庐在人境，而无车马喧。问君何能尔，心远地自偏。采菊东篱下，悠然见南山。山气日夕佳,飞鸟相与还。此中有真意,欲辩已忘言。"陶诗味淡而永,直率自然,真天趣也。默毕渐睡熟,次晨补录于后。

十月

初一日　雨　十一月三日

八时起，十一时到祖祠开会，其炳易姓，为合族请酒也。十二时与贵堂兄同到大墈上，请余宴，后便至祖坟山之高坟，佥指为余嫡祖坟合冢式，无碑记，不知是士选公石孺人合冢，抑学相公合冢也？其右为受中公坟，据说受中为元一公之后，其坟向为亥巳兼乾巽，族人指为正东向。小立片刻，山雨已来，泥泞中遂归。下午四时见省城飞机二架在湾中上空侦察，旋去。十二时寝。

初二日　雨　十一月四日

九时起，天雨，泥深三四寸。午后至祖祠校对谱稿正刊,到余本支祖一系。五时半对毕。晚又雨,寒甚,十一时寝。

初三日　雨　十一月五日

九时起,倦甚,天雨愁闷至极,原拟今日回县,不能也。午后转晴,旋又雨。晚与贵堂兄至子书家坐谈一次。十时寝,转钟二时闻大风陡起。

初四日　大风雨竟日　十月十六日

八时闻小风雨不断,午饭后风雨更大,晚饭后益烈,闷甚不可说。今日未能出门一步,晚十一时寝。

初五日　风雨寒甚　晚晴见星斗

九时起,疲倦甚。今日更觉无聊,欲作谱序,以心绪烦乱而止,至祖祠谈片刻。晚请杨先生来托各事,以谱序校对谆谆相托,因族中读书者少也。十一时半寝。

初六日　晴　寒　十一月八日

七时半起,八时半饭毕,九时乘舆自胡林动身,十一时到樊口,十二时到家。晚作谱序,搜集材料,未能着笔。阅借来《汉口报》,缘数日在乡,不知大局如何也。久旃来,谈甚久去,十二时寝。

初七日　晴　十一月九日

八时起,饭后欲作序文,未能落笔,又阅汉报二小时。晚间十时乃静心,秉笔为文,已成大半,转钟一时寝。近三年作文时作时改窜,下笔后繁简不能自裁,造句多复,文机退化乃如此耶。

初八日　早雨如晴　十一月十日

十时起，十一时整理昨夕所做谱序。十一时三刻县中商店均上门，警报已来，谓敌机已到武汉矣。午后函询谢局长。晚久旃、国煌来，云上海、太原战俱失利，大局可危。九时半整理昨夕谱序已成矣。为故妻孟夫人作行述，便登谱中，遵其生时所嘱也，起草大半，至转钟一时寝。

初九日　早晴有雾　十一月十一日

十时半起，饭后整理序稿，谢服初来，云太原已失，上海亦难守，大局可危，中国军队不能作战，已早料及矣。晚十时为孟夫人作行述已毕，略为润色之，为先君作行状已成大半，转钟一时寝。

民国二十六年（1937年）　十月

初十日　阴　早雨　午后晴　十一月十二日

十时起，饭后阅报，上海南市欲退，太原以南各县俱失矣。中国军队不能作战，殊可耻也。午后为先君作行状已成，又为方城族叔作传，登谱牒者。下午三时请杨象之来写，彼未来，余自录写至转钟一时寝。

十一日　晴　十一月十三日

七时半起，八时半邦丞自乡间来，嘱国煌来补抄金太史为先父母所作墓志铭，录讫，嘱邦丞一并带回乡间付印。午后休息，以连日作序文甚疲也。晚十一时寝。

十二日　晴　十一月十四日

九时起，午写谱序毕。昨日邦丞未走，今晨乃持之去。晚久旃、渭泉来，久坐。十一时阅杂书毕，十二时寝。拟明晨回省宅。

十三日　早阴　晚小雨数次　十一月十五日　星期一

五时起，倦甚，六时半出城，周老板送余到站。途遇茂林亦来送余，在站晤及范心斋，程少松之妻子同车行至葛店。车忽坏，自是修理三四次。十一时到省宅，阅各处函，晚阅佛波续来之函，知其妻在江西病死矣。此人甚贤慧，待余夫妇尤好，明日当往吊慰之。十一时寝。

十四日　早晴　午后阴雨　晚大雨如注　十一月十六日

七时起，十时到会。正午向万邦兴借十元，晚访沈碧舫于汉口，并向李次瑜借卅元，当送廿元与李佛波作奠仪。与谈片刻出，九时归。饭后十时寝，连夕忽念孟夫人，颇多感慨。

十五日　雨　十一月十七

八时起,又念孟夫人不置。饭后整宅中电灯。写胡祥安、胡子书红对,一为其子婚期,一补祝其六十寿也。并写郑阶香中堂毕。晚未出门,十一时寝。

十六日　阴　小雨　六时后雨竟夕　大风转寒
十一月十八　星期四

七时起,九时到会,午后雨至通宵,又转大风,寒甚。近年天气剧变如时局,真令人不可测。晚阅杂书,十二时寝。

十七日　大风雨　晚雨达旦　十一月十九日　星期五

十时朱祐亭来,十一时余方起。午后写祐亭信致陈处长。祐亭急于求事，殊不可解。晚十一时寝。

十八日　大风雨竟日　寒甚近零度　十一月廿日

十时半起，今日嘱仆买炭巴等件，梅先霖来谈各事去。十时半寝。

十九日　阴　下雪子　寒甚　近零度　十一月廿一日　星期日

十时起，买报阅，见湖北省政府改组，严立三任民厅长，颇以为异，因今年六月间与严晤谈，谓决不入政界者也。更生回家，晚仍回校去，余十二时寝。

二十日　阴　寒甚　十一月廿二日　星期一

十一时起，午后到会，为赵少卿等写屏对。姚渔青、许艺农先后来,会谈片刻去。晚阅报,知南京吃紧,十二时寝。

廿一日　阴晴不定　寒　十一月廿三日　星期二

十一时起,午时到会,祐亭又来。午后会邓鹏九,谈半时。晚访萧液垓未晤,访叶太太,新自南京归者。据云形势险恶,恐不能守。便访汪三辅,谈片刻出,归家已十一时矣。十二时寝。

廿二日　阴　十一月廿四日　星期三

十时起。下午一时半到会,中途闻警报,返家,闻萧焜曾来一次。晚清理各事,阅杂书,十一时寝。

廿三日　阴　十一月廿五日　星期四

九时起，十时到会取款，午后买零件，备明日回胡林校对、印谱序诸事也。晚嘱老陈各事，十一时寝。

廿四日　阴　十一月廿六日　星期五

八时起，往平湖门搭汽车二次，均未上，且人多难候，遂回家，吃饭再去，则车已行矣。二时嘱赵昌福买得车票，坐前面，四时到段家店，雇舆行，六时到胡林。至祖祠，闻谱序已印好，杨先生早回县，嘱对字多讹，颇可恨，如此受人之托而不忠，尚得为人耶。饭后北分、中分谓谱序文中有病，请为改正。再三与彼等讲解，彼等终疑余有故意出入者。乡间素不读书，毫无常识，一知半解者，并无一人此夕为之讲说，无异对牛谈琴耳。子书之子一事不知，貌为斯文，尤可恶也。十时归，十一时寝。

民国二十六年（1937年）　十月

廿五日　阴　小雨一次　十一月廿七日　星期六

九时半起，倦甚。午后写对联，至晚九时已共写三十馀副，中堂十馀个，手疲乃已，皆乡间素所求而未允者也。十二时寝。

廿六日　阴　十一月廿八

十时起，十一时往祖山寻余一系祖坟，并至子林寻祖坟。午后写对联十馀副，中堂十馀个，至九时方毕，腰痛手僵矣。十二时寝。

廿七日　晴　十一月廿九　星期一

九时起，倦甚，坐船至巴铺。午后二时至家小憩后，请久旂来问各事。晚清理各事，准备明日往省宅。十一时寝。

廿八日　晴　十一月三十日

六时起,七时往城外搭汽车,未赶上,遂归。万内子病未愈,请王子恒来诊视。午后子堂等来谈,晚十时寝。

廿九日　晴　十二月一日　星期三

六时起,七时王兴发送余搭汽车,九时半即到省宅,饭后到会。晚十一时寝。

三十日　晴暖　十二月二日

九时起,十时到会。午后未去,清理各事,并清楼上书籍。晚十一时寝。

十一月

初一日　晴　十二月三日　星期五

九时起，十时到会。阅报，江阴所筑工程已为倭军所破，战事吃紧。晚晤张友三谈各事，打电话与方主席，会中账目请其注意。黄均章来云其妹已死，欲借款廿元，许以明日送十元到其家一看。梅先霖来教迟生英、算。此数日缺钱用，而李佛波、黄均章送奠仪共卅元，则未预料者也。十时寝。

初二日　阴　大风寒甚　十二月四日　星期六

七时起，八时到会。九时访主席述昨夕事。雇妪来洗衣服，供其饮食。看黄四妹尸体状殊可怜，闻其兄云失恋致疾，人心如此，可悲也，送款十元作祭费。晚间阅报，广德已失守，我国大飞机场已资敌矣。奈何奈何！十一时寝。

初三日　阴　十二月五日　星期日

八时起，妪来洗衣服，以日计算。阅报，时局又紧，又载广德失而复得，未可信也。吾国兵不能战，器械又旧，纪律太差，观于各处伤兵滋事害民众，已知其无战斗力，无爱民心也。事势至此，极为可虑，悲哉。十一时寝。

初四日　晴　十二月六日　星期一

九时起，十时到会。阅报，知敌在芜湖将德和轮船炸毁，又炸大通轮，此必有汉奸报告此轮中有吾国要人也。晚听收音机，汉口广播台有人以日语报告新闻，然则果何人何时为该台延请耶？十二时寝。

民国二十六年（1937年）　十一月

初五日　晴　十二月七日

九时起，十时到会。阅报，南京又吃紧，似难扼守。惟唐生智前有《告中国民众书》，誓与南京共存亡。此公昔不齿于人，将来效忠民国，以身殉职，必可博得好誉也。然党国要人，说话多有不可信者，姑俟之以观其后耳。晚间外出二次，十二时寝。

初六日　晴　十二月八日　星期三

十时起，到会后阅报，知南京愈吃紧，大局可危，敌人轰炸甚烈。午后宋济贤来谈片刻去。支薪水付夏炳丞，嘱其回胡林，并过县宅述各事。晚十二时寝，梦亡友何养吾如生时状，与谈各事。

初七日　晴　十二月九日　星期四

十时起，曹汉臣来谈各事去，孟广丞来谈谋事。午后写覆各处函，分发方主席、朱卓尔、黄龙丰、叶炳然、吕受图、龚振华、曹明德、刘伯阳、邓实，共九件。晚十一时寝。

初八日　早小雨　午后晴　十二月十日　星期五

十时起，闻枪声不断，午后方知为伤兵闹事，颇凶。吾国兵队不能前方努力作战，装伤以后专在后方捣乱，殊为可恨。养兵如此，尚何能抗战耶？周仕珍送邓实自河南来函。晚渡江，向李次瑜借款，并访佛波，谈片刻。九时归，伤风鼻塞难过。十一时寝。

民国二十六年（1937年） 十一月

初九日 晴 十二月十一日 星期六

十时起，十一时到会，候李次瑜，未来，遂命价送信渡江，非取款回不可。此人狡诈无信，殊可恶也！晚十时价回，方取得十元归。阅报知南京愈危矣。伤风未愈，十二时寝。

初十日 晴燥如三月天气 十二月十二日 星期日

九时起，阅报知南京城内有战事，南昌又被炸，时局更紧，欲怨谁耶？午后外出，晚听收音机，多藻饰语，爱好为吾国人特性也。余伤风未愈，十一时寝。

十一日 晴燥 十二月十三日 星期一

十时起，阅报知南京更危，真所谓命在旦夕也。浦口亦吃紧，然则国军被敌四面包围，向何处寻出路耶？晚间向各方探讯，十二时寝。

十二日　晴燥如三月天气　十二月十四日　星期二

九时起，阅报知南京、浦口相继失陷，武汉市面震惊，迁居者多。近日天气反常态，冬月十二乃如季春，奇矣。年来诸事奇特，果亡国之征欤？晚间虔诚进神请光，嘱迟儿看光，问南京失后武汉亦失否，则现光"不要紧"。转钟一时卜牙牌数课，得上中上上下下，词句均好，似武汉真不要紧耶。转钟二时方寝。

十三日　晴燥如春　十二月十五日

八时起，今日上下午俱到会，并会谢服初、王义周二人。晚未出，十二时寝。

民国二十六年（1937年）　十一月

十四日　晴　十二月十六　星期四

九时起，十时到会。午后阅报，战事愈坏。吾国兵额占世界头等，每年军费皆取自人民，今日乃如此，真可浩叹。晚十一时寝。

十五日　阴　风　十二月十七

十时起，午后到会。各处所闻皆议论抗战事，但从前有文告为报章所载死守南京之唐生智将军，不知尚在何处也。晚听收音机，十二时寝。

十六日　阴　大风　寒甚　十二月八日　星期六

九时起，十时到会。午后渡江访佛波，闻良瑄语其母死时各事，又述此次回汉经过，诸多危险事。十时渡江，十二时寝。

十七日　阴寒　十二月十九日　星期日

九时起,更生回家。饭后阅报,战事无进展。晚造账、办粘存簿等事,至转钟一时寝。

十八日　晴　十二月二十日　星期一

十时起,造账仍未毕。饭后十二时半到会,行至大朝街闻警报,急回家,一时半方解严,再到会。晚办报消,转钟一时寝。

十九日　晴　十二月廿一日　星期二

十时起。午后饬人整电灯。晚仍办账,三次出差集于一次,至转钟一时寝。

二十日　晴　十二月廿二

九时起，午后至会中取薪。傍晚带同迟生洗澡，十时归。十一时寝。

廿一日　阴　小雨　十二月廿三　星期四

八时起，今日厚训搭车回家，未成行。清理楼上地下各书籍，三小时方毕，腰甚痛。晚八时听收音机，战事仍坏。十二时寝。

廿二日　阴　十二月廿四　星期五

九时起，厚训今日与迟生同回鄂城。午后到会，晚以无多人在宅，十二时寝。

廿三日　晴　十二月廿五　星期六

九时起，午后到会。晚未外出，阅报知战事无进展。十二时寝。

廿四日　阴　十二月廿六

八时起，今日未出门，虑飞机来袭也。晚阅杂书至十二时寝。

廿五日　阴　十二月廿七　星期一

九时起，十时到会。木匠来做楼门，改楼梯等事，送三次出差账交会档账。邦友自胡林来，与同出买各物并清理物件，头为之痛。龙智仙来，云有一人愿意与人看屋，但无处可荐耳。晚十一时寝。

民国二十六年（1937年）　　十一月

廿六日　雨　雪又下　寒　十二月廿八　星期二

十时起，清理各物，搬楼上分置之，手未停，头已晕痛。阅汉报，山东济南昨日又失。计自抗战以来，上海、苏州、南京、杭州、芜湖，今至济南矣。将不能战，抑兵不能战欤？平时无备，骄奢淫逸，而不从练兵入手，致有今日受人侮之教训。然以后则腹地作战，更为困难。奈何，奈何！十一时寒气更重，遂寝。

廿七日　阴　小雨　寒甚　十二月廿九　星期三

九时起，未到会，午后胡升来，请写函与苏汰馀。留夏仆、国桢送更生、邦友明日回县。清理各事，至转钟一时寝。

廿八日　阴　午后三时半雨　十二月三十日

四时醒，命夏丙丞起，送更生、邦友上船。余六时起，漱毕，七时至望山门外大华公司会廖白泉。九时阅报，战事不佳。而司机去未至，十时半，萧步云之兄来，司机整车，至十一时方开行，在汉阳门口又耽延，候萧步云及女眷上车。行至华容，以兵车在前横路，耽延半时。正午到段家店，余至姚家雇轿，到胡林已二时矣。饭后与贵堂等谈各事。晚间各人来坐谈，十一时散去。遂寝。

廿九日　阴　午后晴　十二月三十一日

十时半起，倦甚。午后整容一次。三时约同族间太辅等往大林祖山寻余系祖坟，寻得若思公坟、妣陈老孺人坟，均有碑石，乾隆卅八年仲冬月立，下款男瑛、玖、琰、瑶横列，孙贵礼、亨礼二名。归家检谱，知秉为琰公子，礼为瑶公子也。是时瑛公、玖公尚未生子欤？余近代祖已寻得，为之一快。晚十一时寝。

三十日　早大雾　晴　民国廿七年一月一日

九时起，倦甚，同盛送汉报来看。午后写对联五副，晚族间请乩仙，述黄鄂及胡林均无危险，但诗句太劣。十一时各人来谈，至十二时去。遂寝。

十二月

初一日　阴　一月二日

九时起，与太辅同访谢秀川。行半里，值其来庙中进香，为某妇读文，俟其拜毕，约之谈。因秀川为先师高幼泉之受业师，在鄂城内教读多年者也。余屡欲见其人，欲问光绪间事也。谢自云光绪乙酉年入泮，丙戌在鄂城城内高宅教读，又在百胜庙教过一年。高鲁生、涂养侠及十一儿、幼泉师均为彼之门生。咸丰壬子年六月廿四日寅时生，年八十六岁矣。此老晚境极不佳，殊可怜。问以光绪间城内诸事，时记时忘，所述似不可证信，略谈别去。饭后约贵堂再往祖山，寻得正洛公坟，下款"侄男其耀"为之立碑。又寻得正寿公碑文，上款"九年六月立"，是否光绪九年耶？中文称"正寿老先生"，下款"弟正洛男其大"，则知公此时有子也。此坟必正落公为之立碑，正寿公年长于正洛矣。余家藏包袱簿中作正乐、正落、正洛，实为一人，其大则其耀公小名也。其耀叔祖，余童时尚见之。宣统间似时来我家，闻其在西山为住持僧打更，殊为可怜。以后如何，近廿年亦未询及，先母在时之言也。今日并定各坟向，高坟乾巽兼亥巳，明远公即英公，癸亥向。茂远公即玖公，亥巳兼乾巽。宜选公癸丁向，立碑则子午兼癸丁也。若思公亥巳兼壬丙向。迭次回乡，乃寻得祖坟定向，亦大快事。晚间与各人谈谱事，十一时寝。宣统间在宅所见非其耀公，乃胡五爹，贵堂兄云云。

初二日　阴寒　一月三日

九时起，原拟今日回县，以天气阴沉，恐有雨，未行。午后约贵堂往段家店，以足软仅至黄家铺即转身。晚至祠堂问谋望，得四十八签，首句"喜气临门大吉昌"，当与所问不类。次问战事，第二句有"永订和谐不动兵"之句，似是而非。又至平保家清其文契，多其秀公名下所得业产，而余亲支祖辈正启公、正洛公、学相皆向之讨花红钱，则当时已将业产卖去，其穷困可知，取其原契归。晚十一时寝。

初三日　晴　早结冰甚厚　一月四日

八时起，九时半动身，十一时半舆行至樊口小憩，遂嘱舆夫转去。到姚家垄谒先父母坟时，闻高射炮声三四十响，大约敌机袭武汉也。行至双桥，闻路人云城内正戒严，至小北门外杨宅小憩，解严后入城回家。晚探武汉信息不详。十一时寝。

初四日　晴　寒　一月五日

七时起，写复黄松师、邓婿实、潘仲平函。午后阅报，晚访服初、厚安谈近事。十一时寝。

初五日　阴寒甚　一月六日　星期四

十一时半起，正午饭毕，闻城内又戒严。零时十分闻

民国二十六年（1937年）　十二月

飞机声大至，更生上城，看见敌机廿三架自黄州上空渡江至西山顶飞往武汉，约十分钟即闻高射炮声。未几，见四架飞回原路。旋探服初信，知武昌东门外已炸矣。晚写函带胡林，并送太万之妻挽联一副，阅杂文。十二时寝。

初六日　晴　西北风　元月七日　星期五

九时起，萧步云约往厂吃饭，十二时毕。午后阅报，知武昌望山门、中正楼曾为敌机投弹，一枚未炸。昨午炸长虹桥，有损失也。晚王子恒来，云已在武昌晤见厚训，昨日余武昌寓中受震动甚烈。九时访尹县长。十二时寝。

初七日　阴寒　元月八日　星期六

八时半起，倦甚。九时半吃饭，十时至萧步云厂中略谈，遂与乘自备汽车往大冶县政府，晤朱祐廷并叶科长、李秘书诸人，又审判官刘敦烈，谈共约二小时，闻阳新有警信，溃兵不久至矣。二时半离大冶，三时半过唐角头黄家边，即俗名朱氏林者，寻朱家嫡支祖坟，未之见，仅寻得泽远公坟，下款有"侄士华"字样，又见松山大伯坟颇完好。回家时天已暮矣。晚闻阳新匪窜至燕矶矣。九时写民厅函并托王乐平带各函至省宅。十二时寝。

初八日　早结冰　晴　寒　元月九日　星期日

八时起，九时半服初来谈甚久去。步云来谈，约往县政府开会，讨论退还公债事。今日到会廿馀人，认识者仅陈曙初等七人，九时散归。十二时寝。

初九日　晴　午后阴寒　东风　一月十日

八时起，倦甚，茂林、坤山来，为还谱与城外事。午后闻黄石港有溃兵来。晚八时特别戒严后，门外城上时闻枪声，夜寝不安。

民国二十六年（1937年）　十二月

初十日　阴　一月十一日

九时茂林、坤山来挑谱去，并送谱山老契来阅。十时又闻戒严，未几高射炮声大作，今日敌机未经黄鄂路线。王乐平自武昌归，云武昌又被炸。晚问电局，知今日系炸汉口飞机场。渭泉、心斋来谈，茂林、钟德先后来谈，钟德并借四十元与余应用，此月底必还之。十二时寝。

十一日　阴　元月十二日

十时半起，饭后茂林引久康公司来，谈片时去。欲往孟夫人坟，未果。张渭泉请余便饭，汉丞、心斋、杏林同席。阅报，汉口被炸者为飞机场。晚立志另写新包袱簿一本，翻《尔雅》一阅，写至转钟时止。

十二日　晴　午后阴　元月十三日

十时起，太炳同姚姓来谈各事。饭后写新包袱簿，已及一半。晚访杨厚安。周子南、郑太兴等来谈。清检包袱簿，至转钟一时寝。

十三日　阴　元月十四日

八时起，敦五、赵茂林来谈，一时去。午后访萧步云，同往雨台山一游，便看朱姓曾祖母李孺人墓，晚六时归。十二时寝。

十四日　晴　阴　一月十五日

七时闻城内戒严，余尚未起床，九时又闻戒严，知汉口已有警报矣。饭后渭泉、心斋同来送减本县田亩减数稿

民国二十六年（1937年） 十二月

来阅。午后二时带同迟儿出城，途遇孟广堃，约之上西山，从寒溪塘直至石门一阅，再转至吴王试剑石，刊有王柏心诗。西山后背有屋，住一方姓人，年六十一，代僧种田。推想此地春晴秋月必有奇景，真天然隐者居也。四时回家，饭后小睡，至久旃宅一谈，晚阅杂书。十二时寝。

十五日　阴　寒甚　寒暑表近零度　一月十六日

十一时半起，倦甚。午后阳新朱达泉来为修谱事。晚朱唐庄、仁山及城外坤山、国超同来议谱事。接严厅长复函，因作函与之，并致向秘书一函。晚九时办祭品祀先君，今夕为先君忌日也。先君以丙寅腊月十六谢世，今廿三年矣！抚今思昔，不胜伤感。十一时阅《劝戒录》至十二时半寝。

十六日　阴　小雨　寒甚　午后大雨　表至零度　一月十七

十时起，午后阅报知汴郑均下雪，战事未进展，倭军在北平组织所谓新政府者已登场矣。晚阅《劝戒录》至转钟一时寝。

十七日　阴雨　一月十八日

十一时起,为张孔昭写对联,渭泉所代求者。作写挽联三副,分送汪、朱、姜三家,送晏表婶祭幛。阅报见英伦对于中倭战有调解会之发起。晚九时汪翰章来算八字,谈一时去。十一时半寝。

十八日　雨　一月十九日

十一时起,午后至萧敦五、傅象虚家略坐谈即归。天雨寒甚,晚间寻孟继宗来,嘱其带信往省送惠安。十二时阅《劝戒二录》已毕,此书真有益身心者。十二时半寝。

民国二十六年（1937年）　十二月

十九日　雨　雪子　微雪　一月二七日

十一时起，午饭后写方主席、刘伯阳、曹蕙村三函，均发出。晚阅《劝戒续录》至十二时寝。今晚始得惠安函，云沈碧舫已被任为山东财政厅长。虽有其位，惜非其时，闻在徐州就职，三日内即往徐州。该地为战争焦点，恐非其福，并志于此，以观来日。

二十日　阴　一月廿一日

七时起，午后清理各事，拟明日往省宅。抗战以来，眷属一部分居胡林，儿辈在武昌求学，鄂城城内又一部分用款，省宅又请人照料，余又不时往省，收入少，多用款，奈何，奈何。晚十一时寝。

廿一日　阴　元月廿二日

七时起，八时下河搭小轮，购得铺位，午后六时到省宅，当以电话告知伯阳。八时会谢服初，谈一时许归。十二时寝。

廿二日　晴　元月廿三日

八时起，今日未出门，虑有空袭也！晚阅报听收音机。十二时寝。

廿三日　阴　早雨　雪子　晚寒　元月廿四日　星期一

九时起，十时到会，午后接鄂城王国辉电话，谓彼兄弟之田黄海涛愿买，请余维持云云。王乐峰买此田不及廿年,余见其收税不旋踵,其二子迫不及待卖屋,后又及于田,可叹也。今午警报,敌机未来。晚间阅报,知已轰炸宜昌矣。晚晤曹汉丞并黄海涛谈田事,已有八成可成。晚十一时渡江。十二时寝。

廿四日　雾　晴　晚大风　元月廿五日

九时起,午后夏炳丞来云乡间各事,并嘱买物带回家。晚十一时寝。

廿五日　晴　一月廿六日

九时国煌来,谓卖田事可成,曹汉丞约余渡江,今夕可写契约,云买者卖者均为余所不悦之人,买主系发不正当之财,卖主久为不正当之事,均无创业守成能力也。午后一时渡江,八时在京汉旅馆说妥卖田事,转钟一时立契,二时毕。黄办酒一席,余以疲倦,未多食,遂寝。

廿六日　阴　一月廿七日

六时半醒，七时漱毕渡江，轮船近岸，警报大作，遂至汪万顺米店避之。一时方解严，炸声中余在汪宅，似震动三四次。午后到会，四时还清方绪吉借款，至省政府访邓鹏九，谈一时许。至民厅会向秘书，谈甚久。准备明晨回县宅，晚十二时寝。

廿七日　阴　小雨　晚大雨如注　一月廿八日

五时起，分咐邦友、老罗各事，嘱其小心照料住宅。五时半至江干搭利湘轮，人多拥挤，命夏仆觅铺位，不可得，乃于后面拥坐丛人中。午后二时半到家，晚国煌同黄海涛来申诉各事去。晚大雨，未出门，十二时寝。

民国二十六年（1937年）　　十二月

廿八日　阴　大雨　雪子频下　寒　一月廿九日

八时起，昨夕已买就各物，命夏炳丞雇挑子一名带物回胡林。十一时饭毕，命之去。天雨路滑，计程晚间可到也。余则清理各物，备年下各小事之用。国难未已，那有闲心说到过年耶。十一时寝。

廿九日　阴　元月三十日

九时起，嘱家人并厚训、两儿布置堂屋各事，打扫洁净。午后祀祖，仍照昔年例，无稍更改。午后四时，敬谨焚香具酒，行礼如仪。傍晚嘱儿辈小心灯火。九时外出一次，心绪不安，守岁仅具礼节而已。转钟二时神倦不支，心念乡间梦闲及定儿，殊不乐也。三时半寝。

民国二十七年
（1938年）

积金以遗子孙,子孙未必能守。积书以遗子孙,子孙未必能读。不如积德以遗子孙,使子孙受福也。

作大善是除暴安良,作小善施钱发米而已。

戊寅正月朔晚九时峙三书

民国廿七年戊寅正月初一日上午六时开笔大利

朱峙三手书

六时半就寝入梦,记数事。一、同数人入一石室中,似上行如登梯,漆黑不见一物,以足探之而升,余首以黑布蒙之,后登者谓室内并无光,何必蒙首而行。二、入文昌宫,范天顺旧主人闻已得道,且能镌石章,示有三寸见方大石章二枚,篆文,刀法奇古可爱。三、先有一画师在宫内以画揭示,似欲售价者。余亦作墨竹一帧,甚精细,又似水山状,四周叠之,恐人见也。后来者谓余画甚佳,何不出售。署款周字之。余谓卖画类抽丰,何必售为。

正月

初一日　阴小雨　下雪子　一月卅一日　星期一

五时起，盥漱毕，进香、出方俱照昔年例，进祖宗并在先母灵前叩首毕，命根迟两儿、甥惠安带同洪英往大南门祀岳武穆王，予以足软未能往也，仅于祀天时表诚心而已。根儿等回家时天已大明。予解衣寝，梦见数事：一似同数人入一石室中，上行登石级，黑而不见一物，暗以足探级而升，予首又以黑布蒙之，后来者谓室内无光，何必蒙首而行。二似到文昌宫，闻住持范天顺主人在该宫得道，且能镌石章，壁上粘有红印二方，纵横三寸馀，一阴一阳，刀法奇古可爱，旁指此为范所镌者。又宫内先有一画师，揭示其画幅求售，予亦作墨竹一帧，甚精细，又似山水状，四周叠之，恐人见。后有游人谓此画甚佳，何不出售，求署款于画之四周，恐伤画局，遂书周姓款。予又曰"卖画类抽丰,似乎不可",遂醒。问家人,已上午十一时,遂起床,饭后补写日记,阅《劝戒录四录》已竣。晚进香后小憩至十一时半寝。忆予历年元旦必有梦,动关一年休咎,验者甚多。去岁元旦记载则不验,今年所梦如此,主何事也?但"范天顺"三字可细研究,范与"犯"同,则刊红色印何耶?

初二日　阴　二月一日　星期二

九时起,午后一时有女客来。二时闻戒严,旋向电局探之,谓敌机已至九江折回矣。三时范心斋、张渭泉、久旃来谈,晚十时寝。

初三日　小雨　二月二日　阴

十时起,天喜来接余回乡。饭后十二时半动身,乘自备之舆往。到樊口即小雨,二时半到胡林。饭后至贵堂及亲支各家拜年,晚十一时寝。

民国二十七年（1938年）　　正月

初四日　阴　下雪子数次　二月三日

十时起，饭后抱定儿闲玩。十二时约同贵堂兄至北中墙三分拜年。晏寝。

初五日　今日立春　雪　晚九时仍下雪　二月四日　星期五

上午三时许，枕上闻雷声甚大，又雪子声大作，约一时许旋闻下雪，转寒。十一时方起，今日无事，又不能出门一步，族人来谈，多无常识语，一笑置之。晚七时迎春，略具形式而已，晚十一时寝。

初六日　早雪　午后四时晴　寒　二月五日　星期六

九时起，大雪，无所事，不能出门，闷坐而已。有时抱定儿为乐。晚十时寝。

初七日　早雪　小雨　午后阴　二月六日　星期日

十时起，倦甚，十一时到大墈上本卢家中吃春酒。午后迟儿自县中来，带各件并《汉口报》，见许世英大使廿七年元旦诗，盖已到汉矣。此元旦纪旧历元旦也。遂和其韵作《人日诗》。乡中闷极，作诗自遣，晚十二时方就绪。年来诗思窘，一首七律需七小时，真苦矣哉。诗曰："穹苍暗淡冻云封，壮士舒眉砺剑锋。江汉啼饥集哀雁，西南无计起潜龙。金瓯已缺谁为补，铜柱镌铭我来逢。人日题诗增百感，愚氓犹自话春农。"今年江汉麕集难民近十万人，现正设法救济，故用哀雁事。写竣遂寝。

初八日　晴　二月七日

九时起，十时带同迟儿、定儿至祖祠进香拜年，并祀三光神。午后请客二桌，各分四人，命太辅、天喜等招呼一切，酒席系段家店叫来的，甚丰满，缘乡间人须醉饱也。余亦去陪客，七时散。十一时寝。

初九日　晴　二月八日

十时起，中分治明请客，十一时去，未食饱。午后同贵堂等往大林，再寻余嫡支各祖坟。二时半闻武昌有高射炮声数次，大约敌机又来袭也。潘仲平及熊联保主任、赵队长来拜年，留饭去。晚十一时寝。

初十日　阴　午后雪　晚下雪　二月九日　星期二

十时起，胡同盛、姚面坊来拜年，留饭去。皇玉湾子琴侄孙来请吃饭，同贵堂兄去。饭毕寻检魏绅公、自旭公手迹，并其父子叔侄八股文制艺诸书。胡林在前清功名俱发，其一支所谓梓公之后，三世有十三人入泮，廪增附而已，并未得一乙榜，此即佘兴一公嫡后，子琴其裔孙也。检得魏绅公、自旭公自书包袱簿子各一，书法不甚好，八股文亦平庸无甚精采。魏绅公生于明崇祯末，入清代始得一衿。午后二时同子琴、邦臣等到顾家祭宗禹公，坟乾巽向，下款刊有本俭、本旺及贵堂兄名字，则立碑在光绪年间也。祭毕，天下雪，遂归。晚七时阅魏绅公、即讳□阙。自旭公所书包袱簿，乃生大疑点。因南分无橦公一房，佘兴一公确为魏绅之祖，则北分从前所谓墨谱所载宗禹即明禹者有所本，此所谓反证，则余族南分实非佘兴一公之后，何以当日必欲争为佘后耶。余去冬作谱序，尚哓哓，佘胡致辩，觉亦不加察耳。乃请贵堂往中分治民家寻得中分乾隆间某祖所书谱稿，则明禹公乃明楚胞弟，明楚、来瞻公渐递而下，名号俱同。嘻，异哉！不知畹香、正岱诸公当日必欲附于兴一公之后何耶？贵堂云南头先世所称，本为中分人，因中分曾有不肖者七八人，凶恶痞赖，欺凌本支，致当时南分受欺，各祖恨极而附于大墦上一支，故愿以佘兴一公为祖，自是以后仇恨转深，南墦两分合而为亲，遂疏中北二分，已成仇敌云云，此事贵堂当日闻之屡矣。贵堂今年七十馀，其说当是可信。总之余本支自本身溯而上之，至来瞻公止，是为可信，再严格言之，若思公以下俱真确相传无疑也。书此以志感慨，吾儿根生、迟生、定生须谨志之。晚十一时寝。

民国二十七年（1938年）　正月

十一日　早阴　午后晴　晚月色佳　二月十日　星期四

九时起，十时饭后乘舆往朱汤庄并带迟生、天喜同往，朱姓三塆族人俱来迎。具筵三席，余欲速归，令其并开一处，嘱其接各亲友来欢聚。甲辰入泮，曾到此塆拜客，住一日，今已廿馀年矣。至塆左一厂地，昔曾游者，近十年间又似梦中游过一次。四时半归，贵堂已代余请神，问及高坟究属何祖之坟，神作模棱两可语，亦不能决。晚阅子琴家所藏魏绅公包袱簿子，愈疑南分非佘兴一公后人。十二时寝，多杂梦，见先父母于露天中置蓝色外帐，又见先父送尹县长出院门外，恰与余值。

十二日　早阴　午后晴　二月十一日　星期五

十一时起，倦甚。午后一时廿分闻高射炮声廿余响甚厉，未几，天际飞机声甚众，以层云蔽之，未见敌机。晚阅中分墨谱，明禹公号有章，以下至瑛公，字明远，皆与谱载相同，然则明禹实则宗禹公矣。如此疑窦，先君子在时何以未见也。晚十一时寝，梦往方主席家中，非武昌住宅，余欲题诗句七字于其画屏上。

十三日　阴　晚九时雨　十二时大雨如注　二月十二日

十一时起，饭后小睡，湾间瞽者过门外，内子嘱为余推八字，胡说一阵方去，殊为可笑。午后邦友自省寓归，问以各事去，又到大林寻其耀公坟，余已决定为之补立碑记。其耀与余为最亲，无偶无后，尤可怜也。六时请松林兄等十人就家中吃春酒，十时方毕，散去。余弹琴一次，久未抚丝桐，手僵不灵敏，奈何。十二时寝。

十四日　阴　午后四时晴　夜大风　二月十三日

十时半起，泥深不能外出，午后再阅魏绅公、自旭公祖孙手书包袱簿，一为康熙间，一为乾隆十二年所书，愈滋疑窦，余家果为中分人欤？十时以目力不佳，遂寝。

十五日　早大风未息　午后晴　晚月色佳　二月十四日

八时闻夏炳丞自省来，持有萧焜名片书数行，谓严立三先生约余必欲一谈。九时起，今日上元节，乡间往庙中进香之妇女甚多，风俗已行之数十年矣。晚八时，约众算小众公帐，并另举人经管，准备明日回县城。十一时寝。

十六日　早阴沉不开　午后二时晴　二月十五日　星期二

八时起，八时半乘舆行，午后一时经姚家垄先父母墓前，焚楮拜年毕，视察一周。二时抵县城，到家饭后小睡。象虚、子云、少松、久旃、汪声香俱来谈，并为余算八字，汪近来喜研究星学也。晚十二时寝。

十七日　早阴　大风　午后晴　二月十六日

十时起，饭后久旃、象虚来谈，晚十二时寝。

十八日　阴晴不定　二月十七日　星期四

五时半起，带同迟生出城至站搭汽车，候至九时半方开，正午行至洪山，闻城内有警报，敌机又来空袭矣，至茶馆避之。一时到家，命迟儿打听开学事。余清理各事，十一时寝。

十九日　晴　二月十八日　星期五

八时起，饭后到会，坐未久，闻警报，遂同厚训、胡升往本会后院所筑防空室内避之，未几，闻炸弹声、高射炮声，约一时许解严方出。五时回家饭毕，七时渡江访徐

民国二十七年（1938年）　正月

幼云、姜显谟于法界安安旅社，谈甚久，为傅象虚卖田事访黄海涛，略谈已成功。十一时渡江，到家小憩。十二时寝。

二十日　晴燥　二月十九日　星期六

八时起，十时到会。午饭闻迟儿云九中嘱缴费入学，但学生甚少。虑敌机时来，彼又年幼无知，乏人招呼，余决令其回乡读书，候下季时局定时再说。午后二时渡江走访各处，四时至佛波寓，晚与良瑄取回收音机，此机今年正月良瑄代余购者，价廉，接汉口广播甚清晰，听至转钟一时许可接长沙广播台。

廿一日　晴燥　二月二十日　星期日

九时起，嘱迟儿勿出门，余虑有警报亦未出门。傍晚听收音机，可接北平台，唱平剧极清楚。转钟一时寝，今日在民厅晤向胖佛谈各事。

廿二日　晴热　二月廿一日　星期一

八时起,午后一时到会,打各处电话,俾便有所接谈,知余到省也。晚听收音机并教迟儿同听,嘱梅先生早日到胡林教读,十二时寝。

廿三日　晴热　二月廿二日

九时起,连日晴热如初夏。晚间蚊虫嚼人,殊为怪事,近年天时变态不可测类如此。嘱罗仆送迟儿明晨回县转胡林读书。十二时半听收音机且闻各地事。余久苦寂寞,得此亦足破寂寥也。今夕晤严厅长,转钟一时寝。

廿四日　阴　小风　二月廿三日

五时醒,嘱迟儿、老罗俱起,六时去搭轮,七时半起，今日上下午俱到会，得根儿自县来信，晚听收音机至转钟一时寝。

廿五日　晴　二月廿四日　星期四

八时起，今日上下午到会。晚阅报听收音机，十二时寝。

廿六日　晴　二月廿五日　星期五

九时起，午后一时到会，今日会中开常会议，决各事，五时方散。回家饭毕，仍听收音机，缓缓对度数，能收各处消息也。十二时半寝。

廿七日　晴热　二月廿六　星期六

九时起，今日未到会。午后写复各处函件。晚访谢服初，十二时寝。

廿八日　晴热　二月廿七

八时起，今日星期未出门。邓实自安邑来，胡升来，余即嘱在宅住，人多照料周也。余准备回胡林乡间，并便往武穴查案，留夏仆同往，十一时寝。

廿九日　晴热　二月廿八

四时醒，四时半起，五时同夏仆出门，搭宝瑞轮船过阳罗时闻岸上人云武汉已有警报矣。今日不回又增一次惊骇，十一时到赵家矶，雇肩舆，午后二时到胡林。先至学校一看，闻松林之母病重，往一看，问各事，思其子归一诀，气喘甚，余以沉香屑泡水饮之，气乃略定，且下降矣。父母无不爱其子，在垂危间思一见，与余言多伤心语。为子者奈何不孝耶？松林与余为近支，对于其母颇知尽孝，徒以其妇不贤，致令其母怄气，余并记之。在家饭后略坐，抱定儿闲玩，定儿长得甚好，活泼可喜。晚间各亲支来谈，十二时寝。

卅日　晴热　大风　晚雷声作　终夜阵雨时来　三月一日　星期二

九时起，倦甚，十时时到学校商各事。晚七时召集校董会，并宣传省政府对于民众训练各事，十时散会，十二时寝。

二月

初一日　早小雨　终日大风　寒甚　三月二日　星期三

十一时起,午后到学校一次,馀时抱弄定儿为乐,晚十一时寝。

初二日　阴　寒　三月三日　星期四

六时起,倦甚,今日准备回县,清理各事毕,七时乘舆同夏炳丞回鄂城,至樊口时小雨,遂命太平等送到洲尾渡小河,与夏步行回家。饭毕小憩,已午后一时矣。明日天晴必往武穴。十二时寝。

民国二十七年（1938年）　二月

初三日　丑初大雷　风雨交作　三月四日

六时枕上闻风雨声，十时起，饭后约张渭泉来谈。晚清理各事，如明日晴，必往武穴，久欲去了此差，以便结束。迟迟至今，均为天气变更所阻，殊可恨也。时十一时寝。

初四日　阴　晚大风　寒甚　三月五日

昨夕睡甚恬，十一时起，十二时饭毕，带同夏仆下河至北门外，茂林来谈，嘱其交涉武安轮买一铺位。舵工熊姓，余不甚熟，陈老大之子代为招呼购得铺位，略睡片刻，不安。九时一刻抵武穴，住沿江旅馆，十一时即寝。转钟一时大雷雨。

初五日　早大风雨　竟日寒甚　三月六日　星期日　今日惊蛰节

九时起，十一时饭毕，周太太来接余吃饭，云锐峰已往省，彼来代表者也。已许之作写民厅函、致本会函俱发出。至警察局访何局长，至商会访刘文俊，号舫笙，武穴人，刘尘苏文岛之弟也。至省立十三小学访邹校长履平，均谈甚久。伤兵滋闹，营业税舞弊情形，仓头埠库选如拦路收捐情形俱悉。刘励清接营业税局未久，闻亦为财厅省直接关系之人，尚在初次舞弊阶段也。晚七时至周宅吃饭，天甚寒冷，十一时寝。

初六日　雪　大风寒甚　三月七日

晨四时闻下雪子声，五时以后风紧雪大，平地盈二寸。余与夏仆此次均未带衣服，最初原拟到广济县，恐

民国二十七年（1938年）　二月

天寒受病，此雪又决非即时可晴者，遂与夏仆同回，搭远东轮。大副范姓，葛店人，前在祥安轮与余认识者也。遂住一房间，余着薄棉袍，冷稍止。八时一刻开船，风雪更大，过钓鱼台、蕲春等处，余均凭栏一望。六时半抵鄂城，饭毕置火炉御寒。晚雪更大，风紧寒生，幸今日毅然已回家，不然其吃苦可想。询之汉口，今日并未开武穴班，设不归，又住二日矣。十二时寝，展转不寐。

初七日　终日大雪　寒甚　三月八日　星期二

十时起，饭后以寒未作事。午后久旃、仲章来，云尹县长已换，继任者为范雨峰，系一年人，不久可到任。今日少运动，饮食不畅，十二时寝，难成寐。

初八日　雪　下午三时见太阳　仍下雪　三月九日

十一时起，内子咳嗽未愈，开一方与之，嘱即服。晚敦五、少泉、国煌俱来谈，十时见月色，忽忆幼时读"明月照积雪"句，顿觉夜寒之状也。十二时寝。

初九日　阴晴不定　寒甚　三月十日

十一时起，倦甚，午后未出门。晚渭泉、心斋、国良、国辉、仲章先后来谈去。十一时寝，展转不寐，至转钟二时寝。

初十日　雪　阴　三月十一日

七时闻下雪，八时半庚生往省，命夏仆送之，在黄州下船，便送余县长希纯函去。饭后陈子贞、王少泉来谈，谢云来谋事。十一时拟函致严厅长，十二时半写毕，转钟一时寝。

民国二十七年（1938年）　二月

十一日　阴　寒　三月十二日　星期六

十一时起，潘仲平、蔡仲、范全、马勉之来，余尚未起，谈半时许去。汪轮章来谈八字。午后至财委会开会，萧步云、张渭泉等十人写公函与张国良。午后四时，便访萧敦五谈星命，九时归，十一时寝。

十二日　阴　寒　三月十三日

十时起，迟儿自胡林回，便付一函致胡林诸人。午后四时至财委会，新任范雨峰县长、黄秘书，蒲圻新店人，述自沪逃归事。范县长谈话多浮泛，似未从心中过者，尹县长亦在座，今夕为心斋与石教官公请宴新旧县长者。九时席散，十时约吴特斋表兄来谈各事，十二时寝。

十三日　晴　晚见月光已满　三月十四日

十时起，国良、仲平、吴老表先后来谈，余从容问及舅父生卒年月，以久欲记于包袱簿者，舅父从前待余姊及余均有恩德故也！午后心斋、渭泉来谈，四时见飞机六架经鄂城上空过去，后始闻戒严。未几，闻武汉高射炮声已作，事后探问，不得情形。十一时寝。

十四日　晴　三月十五日

十时起，带同夏仆下河，九时搭江兴轮，刚过团风，又闻武汉有警报。傍晚七时船抵汉口，坐人力车，问车夫，云今午警报敌机未至，话未毕，过怡园而警报大作矣。至李佛波寓稍憩，紧急警报又作，旋闻敌机投弹声、高射炮声。未几，飞机场附近有火起。解除警报后，余遂渡江，在一码头候船二小时，仍然拥挤不堪，到家后饭毕听收音机，转钟一时寝。

民国二十七年（1938年） 二月

十五日 晴 三月十六 星期三

八时起，上午十一时饭毕到会。午后又到会，三时约伯阳来，四时留伯阳饭去。晚六时龙校长、宋济贤、朱士堪来谈仙桃镇事去。八时五十分警报又来，九时半解严，晚十一时寝。

十六日 晴 晚无月光 三月十七日 星期四

十时起，饭后彭慎旃、蔡步青同来，谈甚久去。午后二时到会。晚马显声送各县长名单来。听收音机至十二时半寝。

十七日 晴 晚无月光 三月十八 星期五

九时起，十时访曹蕙村。午后文鹏、乐平同马子美、刘萃三先后来谈去,晚十二时寝。

十八日　阴　午后五时半大雨　竟夕雨　三月十九　星期六

晨四时五十分闻警报惊起,旋二次警报作,但未闻机声,五时五十分解严,余仍解衣寝。九时半方起,十时电话约伯阳今日来早餐,谈甚久去。晚六时大雨如注,因严厅长约谈话,六时去,与谈一小时之久。听其所言,以后似无办法,政治前途恐走不通,亦为环境所牵制,殊可叹也。归后听收音机,多感慨。中华民族有血性者少,无怪其苟且偷安耳。十二时寝。

十九日　雨　三月二十日　星期日

九时起,十一时彭慎旃来,略与谈昨夕晤严厅长事。周锐峰、伯阳来,饭后谈各事,伯阳急欲调汪、姚二姓讼案,今日三辅未来,不果。晚傅仁卿送象虚所写黄海涛田约来，许以明日同往。邓实来，听收音机。十二时半寝。

二十日　阴　晚大雨如注　三月廿一日　星期一

九时起，十一时到会。晚渡江，黄海涛请客立契，便访姜显谟、刘伯阳谈各事。十二时归，转钟一时寝。

廿一日　阴晴　晚小雨　三月廿二日

十时起，上午、下午均到会。晚写复各处函，十二时寝。

廿二日　阴　三月廿三

十时起。上午到会阅报。午后整理日记，写复各处函。晚听收音机，战事略佳，十一时寝。

廿三日　阴雨　三月十四　星期三

九时起,十时到会,无多事。午后阅韩文杜诗约三小时,补写各处未竣之函。十二时寝。

廿四日　阴　三月廿五日

八时起,未到会,办理出差时各账,补写工作日记表,至晚十二时方毕,遂寝。

廿五日　阴　晚小雨　三月廿六日　星期六

八时起,上午到会,做报告。明日为先母忌日,已嘱罗仆办祀品并香楮等件,于晚八时举行祭祀。先母殁四年矣,以经济不足,仍未除灵,近值非常时期,欲有所举动,礼节恐不便,仍迟之。邓实归,与说各事。

廿六　晴　三月廿七日　星期日

十时起，连日阴雨，今日放晴，欲渡江，虑有敌机空袭，遂止。十二时根生在家吃饭去，午后二时十分警报已来，廿分敌机竟分批入上空，炸弹声震耳，屋宇都动摇。事后知徐家棚车站附近俱被炸，火光起矣。武昌被炸，此为最惨。四时半至迎宾江馆开会，九时散，渡江。阅报知南湖、余家头亦投弹，故保安门一带屋宇震动甚也。十时吃饭，十二时寝。

廿七日　晴　三月廿八日　星期一

九时起，午后一时到会开常会，讨论我县加亩案。范张来问信，以实告之，仍嘱其再接再厉，减赋为莫大功德，余乐为之助也。晚十二时寝。

廿八日　晴　大风　三月廿九

九时起，上午未到会，午后阅杂书及各报章，连日事忙，拟休息，晚至武昌浴室洗澡一次。连日虑空袭，剃头洗澡须傍晚行之，亦好笑矣。十一时归，十二时听收音机，转钟一时寝。

廿九日　阴　三月卅日　星期三

九时起，午后到会，方主席送小条来，申重端所请代书者也。遂用电话约申晚间来取，与谈久方去，十二时寝。

三十日　阴　三月三十一日　星期四

八时起，上午到会阅报、清理文件约一小时。午后未去，阅《古文观止》数篇，读唐诗，阅杂书。晚间外出一次。九时听收音机，十时读宋诗苏子瞻《舟中夜起》，爱之，录于此："微风萧萧吹菰蒲，开门看雨月满湖。舟人水鸟两同梦，大鱼惊窜如奔狐。夜深人物不相管，我独形影相嬉娱。暗潮生渚吊寒蚓，落月挂柳看悬蛛，此告忽忽忧患里，清境过眼能须臾。鸡鸣钟动百鸟散，放船击鼓还相呼。"此为奇峭之作。又读王介甫《独归》，诗中叙民劳官乐，玩视民瘼矣。诗虽佳，其心术不佳也。其诗云："钟山独归雨微冥，稻畦夹冈半黄青。疲农心知水未足，看云倚木车不停。悲哉作劳亦已久，暮歌如哭难为听。而我官闲幸无事，北窗枕簟空泠泠。于时荷花拥翠盖，细浪翻雪千娉婷。谁能欹眠共此乐，秋港虽浅可扬舲。"此为奇怪艳丽之作。介甫一生都怪，故其诗如此。十二时寝，忆年十六岁喜读陶渊明《咏荆轲》诗，枕上默志之："燕丹善养士，志在报强嬴。招集百夫良，岁暮得荆卿。君子死知己，提剑出燕京。素骥鸣广陌，慷慨送我行。雄发指危冠，猛气冲长缨。饮饯易水上，四座列群英。渐离击悲筑，宋意唱高声。萧萧哀风逝，淡淡寒波生。"默至此睡熟矣。补记。

三月

初一日　阴　四月一日　星期五

八时起,周光烈来谈甚久去,孟祥焕、邓实自咸宁、纸坊来,晚间刘伯阳约渡江吃饭,同席者佛波、显谟、汪奠基、徐幼云等,在味腴饭店,菜均佳。余于十时渡江,回家小憩,十二时寝。

初二日　阴雨　晚大雨　四月初二日　星期六

七时周光烈送信稿来,请改定代书,并借二元去。午后到会,借款,准备回胡林祀祖坟,因乡间祀祖仅限于清明节也。晚十一时寝。

民国二十七年（1938年）　　三月

初三日　晨大雨　午后阴　晚雨更大　四月三日　星期日

五时起，雨大不能行，且无车可雇，遂嘱夏仆仍睡，令其探汽车今日行否。午后清理各事，备明回胡林，晚十一时寝。

初四日　晴热　四月四日　星期一

五时起，知雨已止，遂同夏仆乘车至平湖门搭义泰轮。轮甚快，客极多，皆回乡祀祖者。吾国人对于清明节扫墓颇重视，亦数千年礼教有以维系之也。十时船抵赵家矶，起岸之客二百馀人，余即雇舆及挑伕，十二时半即抵胡林。小憩，饭后即带同天喜、太炳等挑各祖坟至五时半方毕，晚十时寝。

初五日　晴热　今日清明节　四月五日

八时起，倦甚，九时嘱家人办理祭祖各祭品楮帛等件。十时带同梦闲、定儿、夏炳丞、天喜等往祖山，先祀学相公、徐孺人，次祀其耀叔祖，并将新刊碑立之，次祀正寿公、学汉公、正洛公及高坟，再次祀若思公、陈孺人、宜选公等坟。前去年两清明余均因病未回乡，今日带同内子、迟生、定生到山祀祖，真大快事。吾祖辈读书识字者少，以乡农而又贫窘。余家田宅闻学相公前即已卖去，仅有栖身一小屋，道光间年荒，致曾祖正华公出外小贸谋生，卒于本邑小南门七八里之胡家书坊吕家细屋萧茂文屋，后先祖其升公号冠群，随父小贸，亦失学，后承朱姓，亦穷苦万分，正不知受多少磨折。惜当日先祖所述，余以稚年，未详闻详记也。十三岁后，先母时时转述告余，嗣余年龄长，亦不敢多问，先母虑痛心也。至今思之涔涔泪下矣。祀各坟，约三小时毕。吾族各分祀祖，仅烧纸放炮竹，诚为怪事，细询之，则以向例如此。清明节，祖先所望于后人者，仅焚楮钦？一滴之酒、供奉之肴饭全无，勿乃视为饿鬼一类耶？午后归小憩，闻飞机声似尚远，二时再往坟山各处一看，晚早寝。

初六日　晴热　四月六日

十时起，饭后与贵堂兄往前村各处游览。晚间祖祠内开会，余准备明日回县祀近祖。不时抱定儿为乐，定儿活泼可喜也。晚十一时寝。

初七日　晴热　四月七日

七时起，倦甚，八时饭毕，登舆回县。定儿可爱，余复抱之玩弄片刻。正午已抵樊口，雇舟回家，饭后小睡，嘱家人备明日祀祖各事，傍晚闻城内小杨家巷洪姓失慎烧死老妪一人，据说真有数定也。十一时寝。

初八日　大雨　四月八日

八时起，天沉如墨，知有雨。十时大雨如注，遂中止祀祖之念。午后范心斋、张渭泉同来，留饭去。曹明德来谈，晚十一时寝。

初九日　早阴　十时以后晴　四月九日

七时起，九时饭后带同迟儿、洪英、王兴发等雇舟至胡家书坊祀正华公墓。此处余两年未来，四界石已不见，拜台前已有人切砖，麦地渐及公墓右边。乡民可恨。经查得种地者为邵开德，明日当嘱联保主任查之。午后祭毕，二时回家。六时心斋、渭泉、明德先后来谈。十二时寝。

民国二十七年（1938年）　三月

初十日　晴　四月十日

七时起，九时饭毕，带同迟儿、王兴发、洪英等出城祭祖。余乘舆先到普山祀祖父母、先叔，继双桥祀婶母坟、王大伯明谱公坟，继到张林祀先室孟夫人坟，继到朱家垴祀先父母坟，继祀曾祖母何孺人墓。惟今日寻朱姓曾祖廷焜公号仰山坟不着，此坟每年难寻，在白龙凹山上丛冢中，碑又矮小，先君在时带同余及刘表兄、艾姊丈祭扫时，每以寻此坟为苦。今后必新立碑加之，已嘱洪英即刊石，择日寻坟树之。再次祀姊丈艾承伦并先姊墓。其李庶曾祖母、刘表兄等坟，已嘱洪英、艾少泉等昨日代祭矣。吾邑清明为扫墓大节，各家如此，犹存古礼也。晚看杨厚安脚疾转剧。十时归，十二时寝。

十一日　阴晴　四月十一日

八时起。午后三时曹明德请吃饭，渭泉同席。晚坤山、锺德来谈片刻去。十一时寝。

十二日　晴　四月十二日　星期二

八时起，下午三时往访萧敦五，诚心请代筮胡林高坟究系何祖，由敦五虔祷，筮得萃卦彖辞，以坤为老母，泽为少女，推之则高坟为邓孺人、石孺人姑媳合冢无疑。石孺人为邓孺人弟之媳妇也。余亲支嫡祖中仅邓、石两孺人坟未寻得，而乡人近六十年中均呼此高坟为余家之坟故也。五时半约余安廷、心斋、渭泉、敦五、明德、仲平等来便饭，八时毕，送客出门，欲与心斋至县府，行未远，闻戒严。八时半余登城，闻高射炮声，知敌机乘月色又袭武汉也。十二时寝，准备明日往省。

十三日　早阴　午后大雨　四月十三

五时醒，因厚训云今日搭九点钟车较好，八时至站，便访萧步云，久候车不至。十时大冶来一公事车，遇田维中，乃知大冶以客多未停鄂城，遂回家。饭毕渭泉、心斋来谈甚久去。午后三时闻警报，又闻高射炮声，四点钟又有警报，亦有高射炮声，时雨正大，敌机竟由何方来袭耶？拟晚搭武穴来轮上省，因雨仍未果，晚十二时寝。

十四日 晴阴不定 四月十四日 星期四

五时半起，六时艾少泉来，云汽车今晨可开，匆匆与同往，至则闻不开，余遂往北门外搭小轮船，名汉圻。遇朱雪卿嘱代购铺位。孟祥焕、汪浪石、谈思诚均搭此轮，时时与谈。船过葛店，大风忽起，过阳逻，风尤大，船过青山，风稍息。五时一刻到汉，往李佛波寓略坐即渡江。到家后见梦闲已来，定儿养得甚好，细询乡间各事。晚饭后小憩，十一时寝。

十五日 晴 四月十五日 星期五

七时半起，倦甚，十时到会，取款十五元。晚八时警报来,九时半解除,十一时寝。

十六日　晴　四月十六日　星期六

八时起,午后到会。晚十时三刻警报来,迟至一时三刻,敌机已到上空,十二时解严。余欲睡,转钟一时十分又来警报,逾五分钟,警急报作矣。旋闻敌机声、高射炮声,旋解严。二时余遂寝,将睡熟,闻三次警报来,至三时半敌机投弹声,四时方解严,计终夜未睡矣。

十七日　晴热　四月十七日　星期日

八时起,未到会。今日星期,天晴朗,惧敌机来,又不敢外出,兼之昨夕受风寒鼻塞。天喜今日自乡间来谋事。饭后七时月光大明,七时闻警报,警急报又来。八时解严,似敌机未到者。十一时三刻二次警报,转钟一时半解严。二时三次警报来,至三时闻轰炸声八九响,似在南湖。四时警报又作,轰炸声愈大,高射炮声大作,四时半解严。与昨夕同，一夜未睡。

十八日　晴热　四月十八日　星期一

九时起，十时到会，写各处信。午后一时至二时半小睡，以补偿昨夕也。潘仲平、胡德生、赵太太、周淬成先后来谈去。晚十二时寝。

十九日　晴　四月十九日

八时起，今日上下午未到会，写复各处函。周淬成又来，说话多无伦次。晚访李蔼成，略谈即归。十二时寝。

二十日　晴热　四月廿日

八时起，九时到会，借薪十元。晚因梦闲不知大体，累余怄气，遂渡江在佛波寓坐谈，十时归。遇汪南畴，遂同至其寓谈各事。十一时归，遂寝。

廿一日　早晴热甚　午后七时雷震二次　屋瓦动摇　夜大雨　四月廿一日　今日谷雨节

八时起，午后二时到会。晚申仲端同昌生来谈甚久，七时送之出门。微雨数点，忽电光闪，红色如火，震声如炮约三次，九时以后大雨。十二时寝，北风大作。

廿二日　早阴　大北风　午后晴　大风未息　寒甚　四月廿二日　星期五

八时起，午后李蔼丞来谈。晚外出会万邦兴，顺道至首义公园看汉剧，坐位不佳，人已满，因久闷中特来此耳。戏不佳，十时归，十二时寝。

民国二十七年（1938年）　　三月

廿三日　早晴　大北风　午后雨　寒　四月廿三

八时起，今日未到会。晚厚训来，云会中要搬迁。今日自下午五时起又大雨大风，甚寒，近年天气变更，气候不一，颇类国事与人心也。晚十二时寝。

廿四日　晴　四月廿四日　星期日

九时起，今日天晴，又虑空袭，既系例假，亦不敢外出也。闷坐而已，时或抱定儿嬉戏而已，十二时寝。

廿五日　晴　四月廿五日　星期一

八时起，十时到会，午后未去，总虑飞机来袭。武汉人士近来心理均如此。晚看书，补写日记，听收音机，至转钟一时寝。

廿六日　晴　四月廿六日

十一时起，倦甚，午后二时到会。晚梦闲带同皮妪、定儿渡江。十一时听收音机甚久，疲后方寝，已十二时半矣。

廿七日　晴　四月廿七日　星期三

七时起，九时杨明德来述其父病状，甚久去。今日未到会，因会中准备迁至保安门，晚阅杂文书报之类，转钟一时寝。

廿八日　晴热　四月廿八日

七时起，八时惠安来，云会中各物已迁至保安门百零五号大宅。午后一时往看，屋太旧，式不合办公地址。傍晚叶文鹏来谋事，已许荐往宋区长处，付函与之。晚十二时寝。

民国二十七年（1938年）　三月

廿九日　晴热　四月廿九日　星期五

七时起，八时到会，十时杨明德来取曾医生信去。上午十时，陈宗璧自汉口来谈甚久去。午后一时饭毕，到会清检各事，与李次瑜、彭受虚谈各事。二时十分忽闻警报，廿分警急报作矣。余即归家，梦闲已避入左小屋中。二时半，敌机数次上袭，闻炸弹声、高射炮声似甚远。余室微震，不似前余家湖、徐家棚、南湖投弹时大震动也。三时解严，闻汉阳炸甚惨，武昌亦有投弹事。又闻南湖已有被我空军所击落之敌机二。今日受惊不小，以在白昼，尚无大碍。厚训昨已回县，未闻也。晚饭后吕受图来奉看，便问其在甘肃、固原情形甚久。彼又述汉口营业税局各弊病。中国自征收局取消以后改办营业税，五年来百病丛生，较之前征收局舞弊尤甚，截至今日小商民被榨不堪，奸商与局中勾通一气，瞒税取巧，政府徒受恶名，经征官吏实行中饱，而鄂财政厅长贾士毅实收私，比较四年以来积资三十馀万。乌乎，此贪污尚可说耶。一说贾已有百馀万。吕去后听收音机，至转钟一时寝。

四月

初一　阴　午后一时大雨至晚方止　四月三十日　星期六

八时起,今日上午下午俱到会,闻沈碧舫云各炸地,因念及程仪伯一家正住被炸处也。饭后往看根儿,知渠校昨日因对门医院投弹亦震动甚。冒雨回时,程仪伯来问及各事,殊可怜,给三元与之,因内子已给三元也。留饭毕方去。晚雨更大,十二时寝。

初二日　晴　五月一日　星期日

九时起,清理各事,午后阅报,清理杂件,补写笔记、诗话等事。晚写覆各处函,十二时寝。

民国二十七年（1938年）　四月

初三日　晴　五月二日　星期一

八时起，今日上下午俱到会。刘菊坡自汉复函，约时间谈话，谓每日上午俱在江家院八十一号也。晚嘱家人准备出门行装，十二时寝。

初四日　晴　五月三日　星期二

八时起，到会补写诗稿、整理杂文稿，阅报，复各处函。今日作事多。晚听收音机。连日不敢渡江，虑空袭警报也。阅杂书，检各件，室中已看之书甚多，不愿再看。十二时寝。

初五日　晴　五月四日　星期三

七时起，八时半往同仁医院看病，与曾医生坐谈各状,并检查身体一次,曾嘱余多休息少作事,早睡早起,不食烟酒。然此普通卫生法也。余前因眷属未住省,晚间寂寞吸纸烟、饮酒不能免,早起则春夏之交素能早起,早睡则不能也。余四季中睡最早者为十二时,然有时每值十一时寝,则展转床褥一二时,反不安矣。每月有转钟一时方寝甚至二时者,尚觉相安,此已成为习惯,似难矫正,奈何。今日在医院遇涂养侠诊耳聋,此人已十六年未见也。呈老态,闻自秦回鄂未久,住友人家中,仅立谈数语。余欲取药归,未与细说。饭后到会,清理各事。晚间补写诗话、笔记等事。何年得闲,当尽数月之力整理齐全,付印为快也。十二时半寝。

初六日 阴 晚雨 五月五日 星期四

七时起,八时到省府,国民厅函约谈话也。八时半乃见严厅长,所谈均牵就环境事,约谈半小时,以客多晋谒,余乃辞出。主持民政者,牵就人事方面,将来难收效果矣。午后到会,晚至粮道街陈小葵家便饭,并便访幼虚。

民国二十七年（1938年）　四月

初七日　早阴　午后六时雨　晚大雨大风　五月六日星期五　今日立夏

八时起，九时渡江，因前三日菊坡来信，约于每日午前十二时，总在大江家院八十一号可晤，至则系一训练团机关。门者云菊坡已请假，今日不来，问其住宅在坤厚里四十三号，雇车再访，闻女仆云同其妾过武昌矣。余细问何事，则云为其太夫人做冥寿。嘻，异哉。闻其母在时，彼未送老供养，死后做生有何益耶？为之一叹。折至法界访蔡星寿谈片刻，访方主席，知尚未归。至李宅吃饭后至天声舞台看平剧。唐凌所演之《徐策跑城》，极精彩，唱做妙极。余幼时闻此戏名，卒未看过，在武汉十年见此剧名，实未阅看，今日可谓偿愿矣。继阅李克昌之《牧虎关》，汉剧名《黑风帕》，亦佳。继演《四郎探母》全本，徐碧云饰公主，安舒元饰杨四郎，唱做极好。惜徐伶年老，面有皱纹，稍嫌不合公主当时年龄耳。五时毕，至一小馆食饺子及酱面毕，至影剧院看演印台儿庄战争事，生无限感慨。六时三刻毕，出院遇雨，渡江，起岸又遇雨。

八时三刻回家，饭后听收音机，与周淬成略谈，十一时半头晕痛，十二时寝。

初八日　晴　大北风　寒甚　五月七日　星期六

九时起，倦甚，十时到会。午后接徐幼云电话，知瑞章事陈某愿写函介绍，当嘱其带函至太和岭。阅报见中国战事转好，国联明日在日内瓦都城开会，不知对于中华抗战能主持正义否。彭慎旃自黄陂来，朱祐亭自大冶来，遂留便饭，谈甚久。周淬成亦在此，饭后淬成嘱起信稿致民厅求派事者。刘萃山来谈甚久去。晚清理各事，准备出门者，十二时寝。

初九日　阴晴不定　五月八日　星期日

七时起，上午曾到会一次。午后屡思外出，虑空袭，未果。饭后渡江取陈庆堂所写信，便访佛波问时局，证以今正所言，多不验也。至法界探大舞台有无空座，至则前排有一加座未卖,欣然买之。平剧已演三出矣,《法门寺》正值刘瑾传郿坞县一幕,所谓青衣正宗啸云馆主饰宋巧姣,唱做容貌均好;饰县令之金伯吟嗓音清越,如余叔岩,略嫌其小,唱做容貌甚佳,真所谓后起之杰;小丑金鹤年饰贾贵,口齿伶俐。如此配合,此戏总算完美。以时间尚早,遂看《大审》毕,方渡江,已十时一刻。到家则近子正,略坐即寝。

初十日 晴 五月九日 星期一

七时起,八时到会,十一时周淬成、彭慎旃来谈,留早饭。午后杨厚安之四子与根生来述各事去。晚间外出一次。连日探船,欲早往宜昌,因徐幼云嘱搭吉和为好,迟至一旬尚未行也。转钟一时寝。

十一日 晴 五月十日 星期二

七时起,八时半到会,午后再往清理各事。何耀章来劝印《乙亥唱和集》,已许之,明日当集稿交付带回。周淬成连日为谋事来谈,语多重复。晚清理各事,十二时寝。

十二日　晴　五月十一日　星期三

七时起,九时到会,粘《乙亥倡和集》稿至午后四时方竣。傍晚何耀章来,付之带去,并借钞洋二元与之,十二时寝。

十三日　晴热　五月十二　星期四

六时半起,八时到会,午后补写各稿并日记。二时淬成来,云今日见严厅长无甚结果,反误其送入军官学校时间。语无伦次,时时矛盾,令人不可信其语,大约与严谈话不投机也。余劝慰俱不行,渠神经受刺激,不自今日始也。晚打电话问幼云,云明日吉和可到汉,后天可往宜昌云。十二时清理文件日记毕,转钟一时寝。

十四日 晴 五月十三 星期五

七时起,八时到会,午后用电话探吉和轮到否,闻徐幼云云船已到,舱位定好,下星期二午后二时开宜昌云。晚阅报知战事甚烈。十二时寝。

十五日 阴 晚雨 五月十四 星期六

七时起,今日上下午均到会,阅报知战事愈烈,颇为隐忧。昨日周开环自县中来找事。平时无能力,游手好闲,又不能守其家产,殊可恨也。嘱其待机再荐。晚嘱家人准备各事及出门应物之件,十二时寝。

十六日 晴 五月十五日 星期日

六时半起,连日淬成来谈,俱留饭。渠谋事不成又欲住军官学校，心性不定，勉与敷衍谈话，惧其丧气也。晚清理各件，并渡江一次，十时半归，遂寝。

十七日　晴　晚小雨　五月十六　星期一

七时起，上午到会，午后十时渡江送款与徐幼云，请其交付吉和轮船，约以明日正午到汉上船，一切事均由幼云交涉办好，颇可感也。八时到佛波寓闻徐州战讯，略与谈各事。邓尧皋来，便询龙某，则云已往重庆矣。匆匆渡江与梦闲说各事，并嘱厚训各事，分交款与梦闲、皮妪等，十二时寝。

十八日　阴　小雨数次　晚大雨　五月十七　星期二

七时起，倦甚，嘱夏炳丞将各物收拾。十时早饭毕，更生来，与说各事，嘱其谨记。十一时同夏仆乘车出门，十二时到汉，径上吉和轮，晤账房闻少卿，葛店人，与友人闻岐山为同族。吕受图来船谈片刻去，幼云来谈至二时半，约少卿与余往其栈中吃饭，谈甚久。五时半回吉和轮，六时三十七分船启椗上驶，大雨如注，自是与少卿谈甚久，十二时方寝。

十九日　阴晴　五月十八日　星期三

七时起，补写日记，偶检昨日报阅之，见影戏院劳军募捐演平剧，卖座戏单列《黄鹤楼》，陈立夫饰周瑜，《汾河湾》则陈立夫之妻饰柯迎春，陈为国府委员，现时教育总长，以此开风气耶？与去岁褚民谊在南京饰某剧黑头相同，若以此等事语乡人，必不信矣。今日在轮中遇胡蒲青自大同归者，现调沙市法院候补推事云。午后船过监利，凭栏一望。十二时寝。

二十日　晴　五月十九　星期四

七时起，十时与蒲青谈话，遇朱建勋亦搭此轮，与谈各事。朱与胡均到沙市下船者。正午船抵沙市，均别去。伯阳上轮来谈,半时许别去。晚十时船泊枝江县境,同轮有江苏武进人陈佛根,系道淮委员会职员,搭此船到宜昌转至重庆中陕西街廿九号办事处,述其逃难事甚详去,十一时寝。

廿一日 晴热 早大雾 五月二十日

七时起,大雾弥漫,船停枝江县未启椗,盖昨晚十二时泊此。八时雾散上驶,正午抵宜昌。午后一时到泰安旅馆十四号房,饭后访周贡三,函约冯艺林来晤,以电话约王文旃来晤。晚访刘干事绍安问各事,十一时回馆寝。

廿二日 阴 午后雨 五月廿一日 星期六

昨日洗澡一次。今晨五时半起,六时漱洗毕,带同夏仆至南门楼上谒叩关圣帝君,并抽签得上上吉,文中有凡事尽可施为,问在宜解决各事也。在茶肆略坐,访闻百之,未在专署,闻已渡河教授训练班矣。访王文旃、李文荪,便晤及陈分局长,坐谈甚久,同出访喻子和未晤,留

民国二十七年（1938年） 四月

刺出，因本县加亩事须与彼一谈也。回馆后知艺林已来，云龙骧亦来访，未晤，遂候之。未几艺林来，与谈甚欢，四时半艺林约范中铎来，与同至春爽楼便饭，七时毕。回馆再谈一时许，范去，与艺林又谈至十一时寝。

廿三日 晴 五月廿二 星期日

七时半起，冯艺林昨在此宿，九时与同出至党部一谈。十一时范宗铎约余与艺林至美华西餐馆午餐，菜食精美。午后艺林别去，刘培森、田长松、陈宗榜诸生先后来访，陈分局长、康民、文荪均来访未遇。今日已抽查各处访询各事，知顾不在此，访其税务主任丁某调卷一阅。晚外出数次，陈子谷、顾毅公来访。午后二时去专员公署，晤李石樵专员，闻百之秘书，谈甚久出。

廿四日 晴热 五月廿三 星期一

七时起，与刘先生查访各烟肆，查其缴款证并细询各事，颇劳顿。正午到泰合利酒馆，闻百之请宴，同席者曹心泉，当阳交卸者也，徐科长徐啸石，菜约而精，甚可口。午后王文旗请宴，傍晚李文荪请宴，同席者温楚珩、黄东温，谈刘伯英事甚久，为之浩叹。九时回馆，十二时寝。

廿五日　晴热　五月廿四　星期二

七时起，浣漱毕，乘车至北门外，请周祥顺店代雇轿一乘至三游洞，此余昔来宜昌二次未游者也。舆行四里许渡小河，经各村落，路尚宽，行十二三里，则山路多石级，间有小酒肆、茶馆等。小憩约半时，再行二里许，过安济桥，石筑甚固，以道溪河者，阅碑记，知为民国廿年所建。再行里许，山坡边路石级更多，难行。过灵官殿，已达三游洞矣。门前石刊系李基鸿所留题新刊者。李号子宽，大约长宜昌特税时财多浪用，亦知留名以标风雅，作鸦片烟官，故有此闲情逸致欤？再进一小楼下，大石峥，壁立刻有"三游洞"三字，以红土涂之，顺次见石刻七言诗一首，篆书，首句曰："合掌岩高石不顽。"下款隶书

"光绪壬午春古闽仲耦陈建侯"字样，篆隶书均佳，刻工亦好。再见石上有方二尺许"鬲凡"二字，隶书，光绪十年钱唐寿民陆维桢，其馀刻字尚多，不足记也。至洞中亦有佛像，小楼小房三四间，道士名宝善者，知医，川人，已出山为人诊病去。其徒年约四十馀，导余游，指告天钟地鼓等。小僮导余至一洞，有滴水，以盂盛之，谓可饮可洗目，泉味甘。又范隽丞之□"长宜昌关"时刻有长方石一方，刻苏东坡《游三游洞》诗，首句："冻雨霏霏半成雪。"下款眉山苏轼，当系就公亲笔摹刊者。此诗当在苏集中，余回县时必查之，民国四年范记刊于此。范为清翰林，有诗名，黄州赤壁亦有留题者也。再观洞内石碑，高约丈许，系明代刻立，款书："明进士刑科左给事胶西匡铎谨跋。"似刊白居易撰文，有与其弟知退同游语，以时间促，未遑多阅。昨与刘绍安约定今日正午至其家吃饭，已诺于前，恐陪客候久也。道士又与余言，前三游者系元微之、白香山与其弟知退，后三游系苏子瞻与弟子由及黄山谷，此三游所名也。饮茶毕，道士欲出售墨拓苏公画梅屏四、字屏四、像一，俱不佳，恐系伪作。给茶资四角，匆匆乘舆归，舆行甚速，到正川门刘绍安家恰正午也。酒肴约而精美，恰值馁甚，食之有味。陪客左君、龚科长，俱黄陂人,饭毕畅谈。午后二时回馆,嘱仆清理各事毕结账。五时许与同出至四海春吃饭,六时上吉和轮,仍与闻少卿同房。今日倦顿,十二时寝。

廿六日　阴晴不定　五月廿五日　星期三

上午四时船开行,七时余起,九时大领江张鸿山之子名张苏者来,谈去岁李仪祉为文筑石首与湖南交界四口事。彼患水利,曾驳李说者,其人为汉口辅德学生毕业,后随其父学领江,月薪百廿元,其父月百八十元,父子所入月三百元。其生活优矣。十二时船抵沙市,住连升福栈,饭后伯阳来谈甚久去,余走访孙伯琴。晚廖纯古来谈,伯阳又来,至十时半方散去。余拟明晨往荆州城祀承天寺关帝站像,昔年所祀俱著灵验。余长沙市税局,壬申八月往公安查案时均祀之也。晚十一时半寝。

民国二十七年（1938年）　四月

廿七日　早阴　旋大雨　午后阴　五月廿六日　星期四

六时起漱毕，拟雇车到荆州城，天渐沉黑欲雨，遂中止，自是不能外出。午饭后伯阳来谈，未几，谢纯丞引喻幼香来谈甚久，伯琴来回看喻乃去。晚饭后雨甚大，补写日记，十一时外出一次，十二时寝。

廿八日　晴热　五月廿七日　星期五

六时起。十一时同伯阳至幼香住宅，午餐毕，雇车到荆州城。先往县政府访潘慎之，知万文安未归，又至潘寓一叙，便往承天寺谒关圣立像。至则此立像外面已钉有木板，三面系石墙不能见也。军队在此殿作教室受训，此板上另挂有蒋委员长像，乃折回欲问住持僧，僧亦不知何往。仍乘原车回沙市，已下午五时矣。晚间孙伯琴之弟约往沙市公园一游，便见朱麟书，汉阳人，亦在营业局办文牍，询以局中百弊丛生，谢纯丞一人把持，暗收各所包税人手续费尤不少,殊可恶也。今夕乘车过街市,见西北方有大星如橘,青绿光透亮,观者塞途,谓此星已出现数日矣。在园坐甚久,此园布置甚好,较之汉口公园天然林木尤多。十时归,途遇伯阳又谈一时许,至十二时寝。

廿九日　晴热　阵雨时作　五月廿八日　星期六

七时起,同夏仆搭小火轮,人多买票艰难,多方购得一铺位。八时船开行,下午二时抵藕池口,住交通旅馆三号房,此馆民国廿年由公安查案,晚间曾来过一次者。饭后访商会,晤鲁知熙主席并鲁四先生,又刘委员谈各事,取得杨民任证据二纸出。傍晚访区署李蔚青,此人声名恶劣,舆论极不好,与谈片刻出。访纯古,就其所中洗澡消夜毕。十时半归,十一时寝。

五月

初一日　晴热甚　大南风　五月廿九日

七时起，与夏仆渡江至南口，雇舟至石首。水程十五里，二小时方到。起岸，行堤街，过党部、县府等机关，至邮局晤万局长，自公安别后又见之者。访谭菊畦不遇，知已回家矣。约李守元同学到局一叙，此则民四见面后已廿三年未晤矣。饭后访刘县长，号轶尘，武穴人。并见其秘书李君、科长李君，俱石首人。留便饭，辞之。返局，为万、李各写大联一，李又代求一副。晚六时雇船回藕池，大风急起，到馆后杨震来见，述苦况去。十一时黄万青来谈甚久去，十一时寝。

初二日　晴　五月三十日

七时起,盥漱毕,茶房送余下河。与夏仆同上小轮,购得铺位。午后二时半到沙市。饭后伯阳等来谈。晚间与赵子香、伯阳至盆荡洗澡毕,在公园小憩,甚适。晚十一时归,十二时寝。

初三日　晴热　阵雨数次　五月卅一日　星期二

七时起,十时往章华寺小憩,纯丞来谈,十二时归栈,天热如蒸。饭后伯阳来,孙伯琴来约至公园便餐,大雨时作,雨止后与伯琴同看胡印唐。伯阳约余明日午后便餐,已允许之。今日伯琴得电信,云武汉今午有空袭,情形不知如何,心以为忧。六时回栈,胡印唐来谈甚久去。十二时寝。

民国二十七年（1938年） 五月

初四日 阴 大风 六月一日 星期三

七时起，谢纯丞送船票及白木耳来，嘱夏仆于去后退去。昨闻今日无下水大轮，故许伯阳之请。旋闻今日午后民生公司有船到汉口，遂至伯阳处请其提前开饭。十一时饭毕，办菜甚佳，同席者子香、吴绍白等五人，十二时归。闻民族轮快到埠，遂嘱夏仆清理各物件毕，嘱账房代买船票。下午二时半船已到码头，遂上轮，铺位甚宽，统房舱无甚区别，且清洁，较外国轮尤佳也。夏拜昌、孙伯琴、伯阳均来送行，坐谈半小时去。四时船开行，六时船至郝穴即下椗。同轮客有雇船上岸游览者，余亦同去游各街市，尚繁盛，遂往营业税稽征所一探，晤严某，即财厅薛秘书内弟也。略询包税情形即出，彼亦不知余为何人也。九时半雇舟上轮，十一时寝。

初五日　阴　六月二日

七时起，八时轮中开稀饭，十二时午餐。今年端午系在轮船中度节，奇缘也。午后过宝塔洲，余出望之。晚寄椗嘉鱼县，以天黑未能起岸一游。十一时寝。

初六日　阴　六月二日

七时起，八时早饭毕，十一时半船抵汉口，与夏仆即渡江晤内子，后问及厚训，已回鄂城数日矣，问初三日敌机来汉情状。晚七时渡江访佛波问各事，十时半归，遂寝。

初七日　阴　六月四日

八时起，倦甚，十时到会，细问各事。午后清理各件,并在宜沙所得证据等。晚间写信与伯阳等,拟明早发出。今日天气甚闷。邓实与天喜先后自纸坊回,十二时寝。

初八日 阴 小雨 六月五日 星期四

七时起,今日为余生辰,十时进香。正午略添菜酒,王□义女来拜生,留饭去。闷极无聊,时局如此,殊为可虑。吾国人上下苟安已久,好逸恶劳。从前南京之建筑如立法院、考试院,穷极华丽,又中央党部以及各官署,闻建筑费有至百馀万者。大厦千间,夜眠七尺,古人以此为诟病,而吾国要人以为非如此不壮观,非如此不足以作自身之享受,乃不旋踵敌机轰炸,损失之数不可计也。为欢几何?噫,其建筑费孰非吾民之脂膏血汗耶?敌未至而守土自命之唐生智已先逃矣!可慨哉!傍晚渡江访佛波,知时局转紧,前方战事失利,述及徐源泉兵败事,尤抛鄂人颜面。抗敌已十阅月矣,今后所受教训,不知充大军官者尚有感觉动于心中否?十时渡江回家,饭后写信二件,十二时寝。

初九日　阴　小雨　六月六日

七时起，到会办文件并出差报销各事。连日天阴小雨，敌机未来轰炸，但阅报广州近被敌机时时来市定繁盛区轰炸，已非一次矣。午后到会，皮婆送来长途电话条子，云其夫恐疾卒，请余代往接话，匆匆去问之，果其夫病故，嘱其即回。便访服初，亦云时事紧张万分。归与梦闲述之，嘱准备回其母家暂住为好。晚听收音机愈闷，十二时寝。

初十日　雨　六月七日　星期二

六时醒，闻大雨未止，呼夏仆、皮婆起，皮以雨未止不肯行，听之而已。九时起，今日上下午均到会，晚清检各事，欲令梦闲回乡去，十二时寝。

民国二十七年（1938年）　五月

十一日　阴　六月八日　星期三

七时起，八时到会。今日皮婆已回去矣。阅报知战事不佳。晚十一时寝。

十二日　晴　六月九日

八时起，十一时早饭毕。梦闲今日回乡。午后二时乃得乘车到段家店，幸有赵司机代买票，不然不能上车矣。吕森来帮忙弄饭，因老罗前日必须回乡也，晚十一时寝。

十三日　雨　六月十日

七时起，今日上下午均到会，已办出差日记毕。晚间外出一次，十二时寝。

十四日 雨 六月十一日 星期六

七时起,上午送册账与会中。下午阅报,知战事又紧,可虑。晚听收音机,补写日记等事,十二时寝。

十五日 阴 雨 六月十二日 星期日

七时起,根生、邓实均在家早饭,午后均去。晚写刘绍安、冯艺林、王文旃等函十一件毕,十二时寝。

十六日 晴阴不定 六月十三日 星期一

七时起,八时半到会,午后向彭取得五元作为明日川资,回县小住,再作计较。昨收渠廿元零八角,已分更生等用去。晚六时夏仆自胡林携箱子、纲篮来述各事。梅先生明日亦往胡林,来述数语出。十二时寝。

民国二十七年（1938年）　五月

十七日　阴　六月十四日　星期二

七时起，今日拟回胡林，命吕森弄早饭，九时半饭毕，到会与受虚谈片刻。正午往平湖门站搭汽车，人多，拥挤不堪。该站又无一种办法，时时与搭客争吵。吾鄂自公路局办理以来，毫无善法。杨永泰长湖北时以公路调剂粤人辛某，大发其财，自后鄂当道每视此为好缺，任其私人，遑问搭客安不安耶？石瑛再长建设厅，亦如此办法，殊可慨也。厚训送余搭车，晤司机赵某，乃得与梅先霖购二票，否则搭不上矣。今日大概有廿馀人未搭上，系由晨六时候起者，站长并不顾惜。二时开行，三时半到段家店，当即雇舆回胡林。饭后村中各人来，闻讯问时局，至晚十一时方止。余以神疲遂寝，转钟二时因被厚不能寐，又恐受寒，遂起补写日记。

十八日　阴　晚大雨　六月十五日　星期二

九时起，倦甚，十时贵堂兄及治民先后来谈各事，午后到祖祠看学校。晚间族间人多来谈，十一时寝。

十九日　大雨竟夕　六月十六日　星期三

八时起，九时补写日记。雨中无事，因念及武汉，恐敌机来袭，得此天气亦好。惟江水大涨，安庆可危，设敌舰上驶，武汉危机已先在鄂东矣。忧心如捣，呜呼！致中国之弱者谁欤？平时务奢华，南京建筑每一官厅，动辄百万，每一马路，动辄数百万，当时何不练兵购飞机，用新器械练机械化之军队耶？晚雨不止，未能出门一步，心焦无已。十一时寝。

民国二十七年（1938年）　五月

二十日　阴　六月十七日

八时起，昨夕雨至转钟三时方止。今早天气似有霁状，太阳白色，恐未能转晴也。午后二时皮妪来。晚补写日记，十一时寝。

廿一日　阴　六月十八日　星期五

七时起，天仍沉郁，余回乡数日，未得一日晴霁，异常郁闷也。天空时有武汉飞机东下，或者炸敌舰欤？晚未能外出，泥深三四寸，步行不易，偶至祖祠一看。今日迟生自县中来问各事。晚十一时寝。

廿二日　阴　时见阳光　六月十九日　星期六

七时起，天仍不晴，下午时见阳光，热闷至极，居室地面潮湿不堪，拟请人于后面挖一沟泄水。晚为学校事至祖祠开会，指示各事，朱唐庄昨日今日人来，约余明晨乘舆回县，许之。十一时寝。

廿三日　阴　晴　雨　六月廿日

三时半醒，闻雨声大作，旋止。四时大风怒号，仅十分钟止矣。天明大雨又作。七时起，八时半饭毕小憩，朱唐庄有舆来迎，乘之行至上巴铺时天已转晴，自是闷热。至下巴铺饮茶，仁山、宝山等来，遂行至樊口换船归。晴热不可耐，到家已疲，小睡片刻。饭后与朱十五、朱唐庄来人说话甚多。子云、仲平、久旃俱来谈。五时半大雨时作，郁闷之至。晚阅汉报约一时，十一时半寝。

廿四日　阴　六月廿一日

七时起，八时乡间朱姓客来。午后渭泉、心斋同秦某来。乡间人无知识又好讼，其入款不易，真所谓血汗钱，乃必欲到城内饭店歇,家用去,律师敲去,县政府之胥役诈去,何其愚耶。午后二时阅报,知战局无甚变动。晚晤程少松、傅象虚,据说幼虚预备往牡岭住家。曹明德请余夜宴。周伯翔、黄秘书、华科长同席,谈一时许归。十二时寝。

廿五日 阴 六月廿二日

七时起,八时半接姜元□函,云不能来城。午后外出至渭泉、敦五家略坐谈,闻县中军队过境皆广东兵。十时补写日记并写函,备明日送胡林。十二时寝。

廿六日 阴 小雨 午后六时大雨如注 六月廿三日

七时起,朱唐庄讼事孟、石两人来,申明调意,当与定之去。晚间校《乙亥倡和集》稿。从前不愿印小本,今日更不愿,而何耀章必欲做此生意,闹于四月以前,至今并未印一样张,此人说话真不可靠也。大雨如注,焦灼无已,既不能往省,又不能回乡。早麦收成遇雨霉烂,真为乡民惜也。十二时寝。

廿七日　晴热　六月廿四日

七时起,九时乡间来人说解释讼案事。昨写函与严厅长,请其力行大善,就此有权势之时行之,不知彼能听从否。以前可推主席何成濬非志同道合者,以现在陈主席论言听计从,或不至谓不能行使权力也。午后申清泉、石介舫、孟焕卿等及朱唐庄三分人,在此谈调案事约四小时,余以疲倦不愿多说。晚间又谈一次,李纪于、朱坤山均来谈。十时阅《易经》至十二时半寝。

廿八日　晴热　六月廿五日

七时起,八时阅杂书并陶诗《咏荆轲》诗,又忆及"子房未虎啸,破产不为家。千金得壮士,椎秦博浪沙"等句,又忆及"子房貌妇人,作此惊天事"之句。年来脑筋太差，从前所读已难记忆。倭祸甚深，安得有荆轲、张良力士其人，为吾国复仇哉。心胸抑郁不能止，奈何。午后姚福坪再来为内子看病。五时得省宅函，知梦闲又已回省，谓搬衣物与蔡心受处。此时此景余亦无所主张也。十二时寝。

廿九日 晴热 六月廿六日

七时起，午后刘苍五来谈朱姓讼事。晚六时心斋、渭泉约往县政府一谈。范县长述其所办各事，处理戏赌案甚当，吾邑神、永两乡向来演戏者多流氓恶棍，乡间正人每不能干涉，相习成风，遂至不可救矣。从前县长每以禁戏赌为具文，或出票下乡调剂，其部属每次得十数元或二三十元而返，尹鸣珂其一也。十时归，十二时寝。

三十日 晴热 六月廿七

七时起，九时范县长雨峰来谈其政见，甚久乃去，坚约余晚间过府吃便饭,已许之。午后来客数次。阅报知马当要塞吃紧,甚可虑。六时与心斋、渭泉往县府,同席者仅黄秘书、余科长与余共六人,宴毕再谈一小时乃出。子云,久旃来谈甚久去。十一时寝。

六月

初一日　阴　热闷　六月廿八

六时半起，闻厚训已往省，饭后欲作感怀师友诗序，拟目矣，未果。余幼时塾师有五，改文师有四，就科举时代论，皆名下也。受知师有三，学校受业师人甚多，有感情者仅四人，计存者仅闵孝荃、黄松庵、黄伯雨、李柳溪四先生耳。午后敦五来谈甚久去，久旃、明德、仲平先后来谈。陈子贞来，谈马当封锁线已失。问其根据，则曰牛校长转述者，果尔则湖北亦可危矣。十时阅《通鉴·梁武帝纪》。十二时倦极遂寝，转钟二时梦孟夫人起居，言笑不异平时，似与余聚于某室，人数众多。夫人与余寝于一被中，其情好绸缪，较生时尤笃。迨起时闻大局已变，余则赶轮未上，夫人谓不宜在省，可往鄂城避之云云。

初二日　雨　七时半至八时十分雨倾盆　街中水淹　六月廿九日

六时闻雨声，七时半大雨倾盆约一时许。八时半余起，自是以后大雨如注，街水积六七寸，九时半以后略止。十时又大雨如注，至午后四时又略止。渭泉来谈甚久，云明晨须往汉口。晚小雨时作。今日阅报，马当要塞战事甚烈云云。阅杂书并《唐宋诗醇》等等。十二时寝。

初三日　阴　小雨　六月三十日

七时起，午后清理书籍，嘱根儿一一将书箱锁之。今日盛传马当战事不佳，九江、武穴均有逃乱者，人心惶恐万分。余拟明日往省一看，因梦闲来函，前日已带同定儿回武昌也。晚朱唐庄来人，仍说调案事。十一时寝，以欲早睡致终夜展转不安，太息国事，痛恨敌人，恨余手无寸柄。前函严立三，请其于有权力时便宜行事，作大善救民众，不知彼能采纳否。过此以往，彼何时有权力，余何时有进言机会耶？到省后当相机言之。自是心烦意乱，至转钟四时半仅合眼而已。

初四日　阴　晴　七月一日

五时起，洗漱毕，六时同王兴发出城，到车站时张国良、王乐平已占坐位，然拥挤殊甚。正午前十一时到省宅，旋徐幼云来电话，约调朱十五湾与秦培新买田案。晚与夏麟书、张渭泉、陈□堂聚谈红楼旅馆，曹汉丞、陈曙初亦在坐。十二时渡江，遂寝。

初五日　晴　七月二日　星期六

八时起，到会，十时接电话，夏、张约渡江。十一时到红楼旅馆与夏麟书谈甚久。午后一时至秦宅吃饭，肴饭甚美，自作也。午后渡江已三时半。晚阅各报，战事稳定，然敌焰甚凶，恐彭泽难守，湖口亦可危也。十二时寝。

初六日　晴　七月三日　星期日

七时起，十一时饭毕。午后二时甘肃人李受天名增禄。来谈甚久去，张重心所介绍者也。午后阅报，战事吃紧，可虑也，晚十二时寝。

初七日　晴热　七月四日　星期一

七时起，到会。午后阅报，东路战事似稳定。晚热未出门，十二时寝。

初八日　阴晴不定　七月五日　星期二

七时起，十一时早餐毕。吴祥国来约同渡江，为其甥郑方荣与王爱莲结婚，前日来请余为证婚人也。十二时半动身，一时半到汉口吟云酒楼，二时半行礼、演说等事，至四时半毕，宴后便往营业税第二分所查案。就王家巷渡江，七时半归，往民厅晤向秘书，谈甚久，十二时寝。

初九日　晴　阴　小雨　七月六日　星期三

七时起，八时到会。午后二时李受天来，留酒饭，前日函约者也。李述甘肃风气人情甚详。张重心托写联五副，俱付之带去，并检出先君墨迹三本赠之。李云临洮六尺宣纸每张二元，较之湘鄂高九倍矣。四时李别去，五时渡江至佛波寓。佛波今日请黄达云、周学海、刘运乾等，约余陪之。黄升军长半年抗战以来，两次败绩，新武器遗弃无存，此委员长平昔所信任之军长也。谈一小时各别去。今夕汉口列炬游行，纪念明日七七也。阵雨时来，游者冒雨而进。八时半雨止，余渡江，十一时到家，十二时寝。

初十日　阴晴不定　小雨　七月七日　星期四

七时起,午前阅报,战事仍在湖口。午后听收音机,似无进展。晚阅杂书,嘱夏丙丞买杂物。明日定生一岁,约客来表示祝庆,幸仅具礼而已。写信一件,嘱夏明晨带鄂城县,十二时寝。

十一日　晴　阴　夜大雨如注　七月八日　星期五

七时起,午后清理各事,写信二件。晚阅杂书,十二时寝。转钟一时大雨倾盆,直至天曙未止,今日午正定儿抓周,活泼可喜,将来必掌财政。

十二日　早雨　午后晴　七月九日　星期六

八时民厅送信来,起阅,系严厅长约谈话。九时雨未止，余持伞往厅，先与向秘书谈半时许，旋厅长约谈湖北财政情形，谓已介绍余与柳克述秘书长处，不日即约谈话，可补视察，其馀谈他事，约半时即辞，虑其有事也。正午接方主席电话，约渡江谈移会址事，便访夏赋初、刘菊坡，各谈一时许。访佛波，略坐谈即渡江回家。饭后写信二封，明日厚训回鄂城，便嘱各语，十二时寝。

十三日 晴热 七月十日 星期日

七时起，九时二十分闻警报。未久，二次警报作矣。人心慌乱。余嘱内子同定儿避小房中，不时念观音大士号，以求免难劫而已。未久，闻二次警报系解严。晚未作事，十一时半寝。

十四日 晴热 七月十一日 星期一

七时起，八时到会。午后阅报，战事未见转好。晚阅杂书，复各处函。萧液垓、朱润石同来，萧谈甚久去。周浑成必欲其于署中安插一事,彼拒之,余不勉强也。十二时寝。

十五日　晴热甚　七月十二日

七时起,昨接民厅函,约今晨十时由厅长带见主席。九时半王兴仁来谈,又欲借款,余托词拒之,因已借数次,且余平时与彼无甚感情也。十时至民厅晤向胖佛,知厅长已在开会,遂便与贺宝山科长、施科长、林科长、蒋笠庵略谈,因彼等来寻余问各事也。十一时半严厅长来谈数语,嘱余即见柳克述秘书长,仅谈五分钟,彼似又有开会各事,约以随时再谈。余以热甚,匆匆出。到家后闻警报,已十二点零五分,半点钟二次警报作矣,一点半敌机已到上空,闻炸弹声及高射炮声大作。二时解严。嗣闻东厂口、阅马厂、双柏庙、胭脂路等处投弹百馀枚,死者三四百人,伤者六百馀人。自去年徐家棚被炸后,此则二次惨状也。

十六日　晴热　七月十三日　星期三

七时起,八时到会,无多事。午前接沙市电,系孙伯琴所发。午后接胡印唐航空函。晚热,在堂屋中寝。转钟三时以风寒入室内寝。

十七日　晴热　七月十四　星期四

四时闻警报大作,惊醒,遂嘱家人速起。未几,二次警报作矣。五时天渐明,敌机自汉口来武昌上空,高射炮声大作,事后知敌机曾在汉口飞机场投弹数十枚也。八时半到会,小坐后命威立问汉口今日情形,将毕,又闻警报,余遂回家,约五分钟二次警报来矣。十时解严。事后闻敌机已到鄂东阳新上空被阻,未前进即遁也。事后见小报如此说,未知确否。今日疲倦殊甚,又不能多食,闷郁无已。傍晚胡升送梦闲及定儿、皮妪渡江避之。九时谢二世兄延濂来谈其父事,并带伯琴信一件,十时方去。胡升

□云内子今夕暂居佛波寓中。十一时余虔诚进香卜牙牌数，问三事，武昌市果如何能守否，得下下、下下、中下数，有"小露华滋，沾润亦不久"之句。又卜移汉口住可否，得中平、下下、下下，文曰："静则庶几，动则得咎。狼跋其前，载疐其后。"上批诗曰："乱行遭地网，轻举入天罗。谨慎方为便，寒冬莫渡河。"似指明不能搬汉口矣。再问仍回胡林乡间好否，得中平、中平、上中数，诗曰："停停稳稳，落落寛寛，浅水长流，新竹解箨。"将淡寛置之耶？浅水新竹，渐渐到佳境耶？又批诗曰："风寒苦温若相侵，要问前程着意寻。喜得行人消息到，诸词有理莫劳心。"记此证将来可也。转钟一时寝。

十八日　晴　奇热　七月十五　星期五

七时起，八时半老罗云饭已熟，九时与胡升食毕，九时半警报大作。未几，紧急警报来，人心惶惶，十时方解严。闻敌机仅在鄂东盘旋即去矣。午后六时余亦渡江避之，并约厚训今晚在京汉旅馆谈租屋事，所谈未就，在秦培新旅馆与徐幼云商各事，不能决。十一时半往幼云旅馆

民国二十七年（1938年）　六月

中宿，展转不寐。月明如昼，虑敌机夜袭也。心烦意乱，无可奈何。

十九日　晴热甚　七月十六日　星期六

七时起，匆匆早点毕，八时到法界至昌年里，约梦闲带定儿出街一游，在法界早点，天气奇热不可耐。食毕与同至京汉旅馆略坐，嘱其先回蔡寓，余亦就京旅馆小憩，实虑敌机来也。饭后午前十二时，敌机果来袭，馆中人亦不少不□□在法界，人心稍安耳。未几，敌机来上空，至跑马场投六十馀弹而去。解严后，有谓敌机已被我击落三架者。晚报所载仅一架而已。午后二时，梦闲、定儿、皮妪、惠安俱来京汉旅馆，租得十二号房。房中虽热，幸在楼下有电扇及分窗，尚不郁闷。饭后下午六时半，余欲洗澡。惠安八时渡江到武昌，梦闲等到佛波寓觅洗澡地点，满拟此时月光未上，且今日敌机已到过，纵有警，总在今夜十二时以后也。不料梦闲、惠安分途去后，九时半警报大作，迟十分钟紧急报来矣。闻旅馆外人声拥挤，嘈杂声扰扰，至半小时未止。法界电灯已熄，室中郁闷不能吐气，恶臭难闻，逾一时半始解严。转钟一时惠安与梦闲等方归，然受惊不小矣。二时半寝。

二十日　晴热极　七月十七日　星期四

七时起，十二时早餐，上午平安过去，午后未见敌机来。傍晚乃向各处问讯，并与金植卿约定明晨派汽车带同梦闲等回胡林。六时渡江回家洗澡。饭毕，拟小憩乘凉，不能也。蕴玉自黄安来，带同小外孙来家，与说各事。余与洋五元并银手圈项圈等件约值十馀元与之，清理各事，转钟一时寝。

廿一日　晴　酷热　午后三时大雷雨　七月十八日　星期一

四时半起，五时家人俱起漱毕，迭电话催汽车，六点一刻车到门口，稍停即开行，过东厂口时见倾倒之屋数间，余前日并未来此查看也。八时二十分已到段家店，下车至胡同盛托其雇轿三乘。迟一时许始觅得，闻胡林已驻军队，余所居室亦住兵，甚烦闷，然已迟矣。俟到家再说。上午十时半余抵湾中，住贵堂家，天奇热。饭后思卧，午后三时大雷雨，晚间稍凉，遂宿堂屋中。今夕驻军营长仍在湾间演戏，闻连今日已三夜矣。糊涂如此。前夕敌机袭浠水时看戏者欲逃避，彼嘱军队持枪拒之，不准散开，灯火辉煌如故也，奇哉！十一时余已睡熟，闻机声大作，似有二批，不知何往，亦不知为我机，抑敌机也。距此处上空似远，起视不见，仍寝堂屋中，东风甚凉适。

廿二日　晴　早大东风　七月十九　星期二

四时四十分起，五时半与厚训同归，邦友、天喜送我至大乘船。贵堂亦来，与说各语别去。七点钟船抵下巴铺，在茶肆小憩，食点心后与厚训步行至樊口，大风甚凉，余不愿逆风行舟也。在路上闻飞机高飞数次，虑武汉必有警报。厚训已雇一船，余与邦满上船时，闻武汉高射炮声大作，果有空袭也。设不早一日回胡林，又受惊不小矣。船抵寒溪塘上岸，知鄂城已戒严，行至养济院侧大树下坐以待开城而已。未几见敌机自黄州上空低飞过江,后有三机随之,似中国机式,约三分钟,闻炸弹声似在鄂城东下二十里江干者,约十分钟解严。余又步行到家,足软头晕,口渴,汗出如渖,目眩不自持,洗澡后小睡。午后四时潘仲平来,始悉今日武昌东厂口、小东门等处又被大轰炸,汉口及汉阳江边亦有损失,彼由长途电话局来,故知之确也。国势如此,敌人又凶横惨暴,苦我小民矣!造成吾国如此局面者谁耶?可叹,可叹。十时以后倦而欲睡,心烦无已。

廿三日　晴热甚　七月二十日　星期三

十时起,连夕未睡稳,昨有美睡,今起较迟。饭后国煌来,遂将前借款八十元付之,以清手续。十一时闻戒严,敌机又来武汉矣。闻高射炮声六七响,但未见敌机过上空,或者未由此路上下耶。正午有敌机一架低飞窥鄂城,似由余屋上经过,嗣王子恒来,知确为敌机侦察也。旋闻戒严,未几解严。晚五时闻县府有俄人同黄冈县府有某官兵等到西山察看情形云云。今日无报纸,不知武汉所

民国二十七年（1938年）　六月

炸确在何处也。焦灼无已，十二时寝。

廿四日　晴　极热　七月廿一日　星期四

八时起，胡林太楚持函来，梦闲嘱买各物件并带绷子脚盆等物件回去，十时二刻去。十时三刻警报又来，十一时一刻解严，闻高射炮声，似又在武汉也！午后三时阅汉报，知廿二日武阳汉所炸各地点，汉口循礼门、长隄街、安徽会馆、延寿巷、宁波会馆、沈家庙、宝庆码头、药帮巷、九如桥等等。敌投烧弹，火光烛天。武昌则抱冰堂、丛林口东矣！□园东、吴家巷、忠孝门、蛇山南坡、南岳庙、黄土坡、义庄后街、洪井街、无线电台等等，落六十馀弹。汉阳方面则在吉庆里、小巷口、铁门关等等，俱投重□弹。报章评论谓三镇共死伤千馀人，其实数大约总在万人上下，因报章每于敌人轰炸以后死伤之数以多报少屡见不一见，至于军人、学生伤数不报矣！爱国欤？讳疾欤？近十日武汉飞机甚少，敌人遂得以乘之，当局再不设法抵抗之，民无噍类矣！午后龚少山、艾幼卿、曹明德、万子云先后来谈去。十一时寝。

廿五日　晴热极　晚九时大雨如注　七月廿二日　星期五

六时范心斋来，与谈至七时去。八时半郑宇平来，留早餐，与谈各事。九时半在后宅乘凉，闻敌机声甚厉，自下游来上空，经屋顶飞极高，九架向西山上空前进，为时甚久，始闻高射炮二三声。今日鄂城警报，飞机过后五六分钟方打警报，可谓贻误军机矣。嘱艾少泉寻陆龙田家中派人来送箱子往西畈。晚间雷电交作，九时大雨如注，甚凉。十二时寝。

廿六日　雨凉　七月廿三日　星期六

八时起，九时吴姪女来商量搬物件事。大雨时作，天气转凉。十时陈区长焕民同潘仲平来，与谈半时，便约其午后四时来便饭，届时来，尽欢去。五时半，贺静山来谈甚久去。今日清理书籍、字画等件，置之箱，备明日搬运也。晚十一时寝。

廿七日　阴　热　阵雨时作　七月廿四日　星期日

八时起，清理书籍、字画各件，写信与刘述陶为梦闲回湘事，写信与刘伯阳、廖纯古、胡印唐，均发出。午后六时姚福坪来谈甚久。余安亭来谈县府事。昨今两日大雨，气候不佳，故敌机未袭武汉。阅汉报则湖口、九江、沽塘、鞋山等处均吃紧，鄱阳湖边战事剧烈，可想见也。晚间雨甚大，气候转凉，十一时半寝。

廿八日　阴　晴　大雨时作　晚大雨数次　七月廿五日　星期一

十时半起，吴侄表女来取物件，连箱共计十件，派万巡长同送去。午后写四函，分致松林、幼云、秦培新、金直卿，均发出。今日亦无敌机袭武汉。阅报，湖口战事仍烈。国军未有进步，仅抵抗于九江、湖口间，殊可虑也。

六时半吴浚明来谈调朱、倪二姓讼案一时许去。十二时寝。

廿九日　晴热　晚大雨　七月廿六日　星期二

七时起，八时嘱家人办楮钱、包袱等件祀祖。上午十时闻县中戒严，但未见敌机。午后五时往访范委员长，知夏麟书、姜源墀为渠家讼事已来县，遂走访之，欲为朱、倪二姓调案，便具柬约明日来家吃饭。访渭泉，亦约之。晚朱国超引阳新朱达泉来谈一时去。十二时寝。

七月

初一日　晴热　夜十二时大雨如注　七月廿七日　星期三

七时起，嘱丙丞、更生、迟生等打钱纸办包袱锞锭等等，准备明日祀祖。十一时天空有敌机声，出门望之，天际三架成队，共三次似往南飞。未几，县中方戒严，约一时许方解除。今日盛传九江失陷矣。午后三时夏麟书、姜元墀、范心斋、张渭泉先到，继则仲平、少松、久旃俱到，三时一刻范县长同黄秘书来畅谈欢宴，此次请客以姜、夏等曾延调朱、倪讼案，请县长则还上月彼请余之席也。心乱如麻，某实心不欢也。七时方散席，少松再谈甚久去。晚十时回看夏、姜二人，并晤吴俊明说各事。十一时归，十二时寝，转钟一时大风雨数次。

初二日　阴　小雨　午后二时大雨数次　七月廿八日　星期四

九时起，倦甚，坤山来谈半时去。九时半敌机声近。未几，九架并至且低飞，向本城及西山盘旋侦察约半时方去。敌机无所顾忌，真所谓如入无人之境。武汉无飞机，当局或不在武汉，亦无可如何矣。抗战之绩如此，奈何。午后一时，石介方同朱唐庄人来谈诸事，余甚厌闻。坤山多事，前年必约朱唐庄序谱，乃与余亲切。乡间人无知识，又好讼，自滋累也。晚少松、郑家权、仲平先后来谈甚久。十一时请神，迟生心不收敛，未见光，遂止之。十二时寝。

今日下午四时虔诚祀祖，一切均如去年礼节，惟以时局影响提前十日，从前中元祀祖例在七月十二或十四日也。记癸亥往闽，戊辰赴蒲圻任，均提前祀祖。今年起胡姓宗祖包袱多写，追至若思公写起，余之嫡祖坟去冬今春确已寻得，心中快然，孟夫人从前在省迭有主张。去年六月添子，定生乃承胡后，坦然以迟生、定生二人姓胡，尤为余快意之事。先祖父母、先叔父森亭，先父母俱葬朱姓祖山，不便易姓，且以乡人称谓数代，不便矫情更姓，只须余之子孙以至后世记清宗祖，知胡姓为余之本姓可耳。昨以脑筋不清，特补记祀祖一段事。

初三日　晴　大西北风　午后阵雨　晚大雨　七月廿九日　星期五

七时起，八时半对门王宅送信来，云西畈有便船，遂嘱内子往吴老表家取文凭证件，嘱其明晨回或明晚回县，避空袭也。九时半警报忽来，十时敌机六架在鄂城盘旋半点钟方去西山、雷山及寒溪塘等处低飞侦察殆遍。解严后内子与迟生并王姓等数人到樊口，风大不能行舟也。午后四时鄂城又有警报。未几，敌机六架低飞侦察甚久乃去。自此人心惶惶。余拟候内子取证件回时往省。晚六时吴俊明、石介方、仲平、国煌、朱汤庄数人来调讼事，消夜至十时方去。十一时寝。

初四日　阴晴　大北风　七月三十日　星期六

八时起，十时内子自西畈归，云樊口过军队甚多，乃乘舆归。饭后拟清理各事往省，无车，拟先回胡林转葛店乘车往省。午后二时警报大作。未几，敌机来，声甚厉，据看者云先往黄州大码头旋折回低飞，适驶鄂城轮船已到，敌机遂投弹十馀枚。余与内子、甥女、甥妇及小孙均在房中。敌机盘旋投弹约廿分钟方散去，声微震动。闻城上人云，小北门外被炸。未几，二次警报又来，余仍回房中，两次在房均嘱家人共诵观音大士佛号，以求免厄，并定心性也。约二十分钟方解严，鄂城人从此知低飞投弹利害矣。晚九时曹、潘等诸人来说，乃知北门外胡家茶馆塌后，继有数间屋倒，死平民九人，自轮船起岸赴茶馆者伤卅馀人，落水淹毙者数人，馀不详也。嘱家人清理物件，明晨往西畈并胡林避之。清理各件至转钟一时方寝。

民国二十七年(1938年) 七月

初五日　晴热甚　午后小雨　七月卅一日　星期日

三时半醒,四时嘱厚训起。四时半天已明,扰扰至六时船方来,又以衣箱不能出城,乃由后门上城,集中朱裕丰宅。船开后至凌家河下寒溪塘上,船户二人必欲沿矶头行,耽延半时许方上。船户种种做作殊可恨。七时半到樊口,至汪波丞家略坐,又以无船,迟半时方行。内子、根生,吴表妹带其子,厚训带其妻子共十人及物件十馀件,船小,行襄湖,幸无风浪。九时五十分,船到朱汤庄之竹林湾。十时半在礼堂之弟宅中小憩。十一时以后又闻飞机声,十二时闻高射炮声,或者敌机至葛店矣。午后一时乘舆到胡林,四时又闻敌机声,大约在黄、鄂附近。鄂城人已成惊弓之鸟,闻声知甚惧也。晚间乘凉于外,与贵堂兄及族人闲话。十二时寝。

初六日　晴　极热　八月一日　星期一

八时半起，倦甚。九时半厚训妻子俱来胡林。昨以事烦天热，人极疲乏，午饭后小睡三次，午后四时闻敌机声大作，出门观之，有三次共六架均低飞鄂城、黄州间，似侦察，约半时去。晚七时月明又闻敌机声，似在黄州之北□，约廿分钟方渐远。明日有确息也。吾国之弱至此，九江失后，敌机来黄、鄂甚近，距武汉亦不过六栈路，以直线论在天空恐不过三百馀里耳。敌人知九江至黄、鄂空虚，武汉少数飞机亦不能离开市空而驱逐，是以猖獗愈甚。设武汉不添空军，而下游抗战无进展，后祸不堪设想矣。再四思维，心乱如麻，既恨敌人毒辣，尤痛吾国何以事前不知准备，以致酿成今日之局也。十二时寝。

初七日　晴热甚　八月二日　星期二

七时起，连夕睡不安，心乱如焚。未几，夏炳丞回，云黄家铺军队搜查，不能通过，沿途又拉伕，只好转来。渠今日欲由葛店回省也。大抵混乱时期交通不便。余与惠安甥又羁此间，即往樊口亦不易。昨托胡同盛打长途电话□与民政厅长及本会，不知均发出否。早饭后天热甚。午后二时半天空飞机声大作，未几，先后见敌机共六架盘旋鄂城、黄州及团风附近，低飞甚久。四时闻江北岸有炸弹声六响，乡人登高远眺者见黑烟上冲，不知炸何物也。四时一刻敌机分批沿江东下矣。战事一日不胜利，沿江居民一日不能安枕，且天热逃难，种种困苦，然则何时可解决耶？中国不亡只有祈天祐而已，证之人事，则在应该之数。敌人残暴万恶，不顾公法与道德，未必天祐耶？晚宝山、礼堂来述鄂城讼案去。今夕甚凉，十时即寝。

初八日　晴热甚　八月三日

七时起，九时廿分敌机自下游天空来，飞甚低，至葛店及鄂城江边盘旋，十时五十分方去，闻投弹声，葛店高射炮六七发。未几，又闻机声。十一时半敌机五架又盘旋黄、鄂一带上空，闻炸弹声一响，似在三江口附近，又闻乡人云武昌有飞机二架来逐敌机。下午三时石仲章自汉口来，据说在夏子书家吃饭步行而至者，细问各事，并商量与厚训同回县宅，向县府取护照。晚闻今日炸弹系泥矶所泊之汽油船云云。连日疲乏，今夕十时半即寝。

初九日　晴　极热　夜转钟一时大风小雨　八月四日星期四

八时起，昨睡甚安。饭后仲章、厚训携余所写各函由朱汤庄坐船到樊口往县。午后三时阅二日、三日《扫荡报》《武汉报》，战事似稳定。今日整天未闻飞机声，晚九时以乘凉疲困遂寝。十二时醒一次，闭窗棂，风雨骤至。二时、四时半各起一次。

初十日　晴热　八月五日

七时起，即闻飞机声，似由武汉东下者，或者吾国机往下游侦察耶？午后一时厚训、仲章与甥女自县中来，并

民国二十七年（1938年）　七月

取回护照及省中各信件，云县城人口迁去十分之八，县长已晤见，云今日有警报一次。阅各函，余遂嘱梦闲收拾物件，准备今晚到朱汤庄坐民船，夜行到葛店搭车或舟。匆匆食稀饭后与梦闲等往朱汤庄。今夕宿朱汤庄，仅三小时，未合眼也。

十一日　晴热甚　上午暴雨四次　八月六日

二时半醒，三时起，朱汤庄洗漱毕，又候舟子三人吃饭，迟至四时方动身。宝山等送余上船，船小人多，皮妪立岸上，依依与谈数语，令其早日回县。船开行过胡家大湾，天渐明，余计算八时方可到葛店，则今日不能赶葛店早班轮矣，焦灼无已。七时小儿定生吐泄交作，已受热受寒矣。船中又漏水，衣被物件多湿，余腹中又馁，此时心烦益甚，兼之暴风雨时来，闷热不可耐。敌机声时时发现天空。船抵陈太武已八时矣。遂嘱夏炳丞、石仲章先上岸至葛店打长途电话，并访张肖鹄，说明一切，再来约余等上岸，乃久候不至，心益焦灼，遂嘱朱庄人分挑箱子、包袱等件步行。行二里许，足软身热，头晕目眩俱作，而小儿与梦闲及甥女行路尤苦，且一夜未眠，四肢无力也。未几，见夏炳丞随舆来，遂与梦闲分乘之。梦闲往炳丞之婿家熊君处暂息，余则径往肖鹄药肆中暂息。饭后葛店已有警报，仲章已打电话，迭次未通，来云闻武汉又有敌机四十馀架轰炸。饭后自往打电话数次，便访熊君，洗澡后再打电话。车子已不就，遂闻河下候小轮者有千馀人。晚八时又往打电话，知汽车已绝望，归熊宅宿。未几闻有小轮，已开一只，明晨尚有一只续开。十二时由熊君招呼民船两渡水面乃得到江干，然男女搭客坐河干地下，寒风拂面，似觉难民难做，凄凉万分也。余以身冷乃在一空舆中假寐。旋闻茶馆开门，又与梦闲等入茶肆食面食数事，此则受罪，为平生来所未见也。

十二日　晴热　八月七日　星期日

三时半熊君雇得一划子，云可到小港上义泰轮，遂嘱家人同上。行廿分钟上船，船无灯火，在官舱中遇张棫章之子名祝三者，相与谈一时许。四时半天明，余极疲困，乃嘱仲章购得舵房中二铺，遂搬入。甥女及炳丞俱在舵房前坐定,余入房小睡。五时半开船,十一时安抵汉口。今日无敌机,心稍安。起岸后即迁入红楼旅馆,秦培新来,乃得迁二楼二零七号房。饭后打电话告知胡升,晚六时渡江访向秘书、彭受虚,并在保安门住宅洗澡。离武昌已廿日,乃情形突变,若此令人增无限感慨也。在宅略与胡升谈一时许,仍渡江宿。

十三日　晴热甚　八月八日　星期一

六时起,住馆中打电话与彭受虚商各事,昨已面晤方主席,电讯喻育之,已知一切。准备买船票往宜昌。仲章与甥女仍回仙桃镇去。

十四日　晴热甚　八月九日　星期二

六时起,写信与王文端、陈子谷、刘凤章、冯艺林,请托觅乡间房屋居住,用航空函发出。夏炳丞来,旋渡江,余嘱其到胡林约厚训来。胡升渡江来。今日作事多,心烦意乱，不可名状。晚张渭泉自县来，余细询各事，又在京汉旅馆与鄂城同乡人探问数事，知余等走后，燕矶、慈湖港均被炸数次也。

十五日　晴　甚热　八月十日　星期三

六时起，午饭后闻喻育之已代买靖港拖轮票，余实不欲搭拖轮也。一则时间过长，一则船小无坐位，彼图便利，余等不便利矣。七时梦闲渡江，清理应用物件，余嘱其在家歇一宵，明晨八时即来，惧空袭也。十一时遂寝。室内热不可耐，用电扇又惧伤风，然亦听之而已。

十六日　晴　酷热　八月一日　星期四

八时半梦闲自武昌来，云各物已清就。十时民厅来电话，谓昨日秘书长候余未至，但余曾往省府，其传达谓秘书长不在省府也，许以今日必来。正午饭毕，闻警报大作，零时十分敌机已到上空，数似不少。未几闻武昌炸弹、汉口高射炮声，约一时半方解严。午后二时渡江至省府，方知今日所炸地点为文华及方公馆，俱投弹，汉阳门江边投二弹于水。在省府系阎毅代见，谓严厅长留有话，恐余来有误记，述各事，盖此时严厅长、秘书长均往文华去开会矣。余遂在寓中嘱付丹阳各事，出门匆匆渡江至红楼旅馆收拾物件，准备上船。七时接严厅长电话，谈各事约半时许。蔡心受夫妇、渭泉俱来送行，到太古码头，上靖港轮，扰扰三小时，焦灼无已。船价由喻取去百五十元。今日乃无舱位与铺位，殊可恨也。十一时喻育之来谈至转钟去。余此次出门烦闷不可说，二时宿船边，风大寒甚，又无处可避。

十七日　晴　甚热　八月十二日　星期五

五时闻船启椗，五时半乃开出，行甚缓。六时半见鹦鹉洲所炸地点。阳光甚烈，白天船边竹床、行军床俱不能坐，乃与梦闲、定儿至舵房避阳光。九时开饭，粗恶无多菜，与小轮较尤不如也。午饭、晚饭均如此，殊令人恨甚。晚睡船边，夜风又大，无计避风，入舵房亦如此，又恐因风受病，焦灼无已。睡更不安，四时半天明即不能睡矣。

十八日　晴热　八月十三日　星期六

六时起，昨夜睡不安且感寒，今日阳光甚烈，出门受苦恐以此次为最。饭食极不佳，本会出钞洋百六十元，乃所获如此，真晦气也。

十九日　晴热甚　八月十四日　星期日

五时起，午饭后闻凤浦轮以水浅不能行，蒋笠庵自该轮过船来，余以驳船上一房让与住，不时来谈。晚七时船停郝穴，夜间月色佳，时与同人谈各事，穷愁抑郁。遥想武昌暨鄂城乡间诸事，尤为愤闷，十一时寝。

二十日　晴热甚　八月十五日　星期一

五时起，六时上岸买零物，六时半开船。今日船中受苦与昨同。晚停江口。

廿一日　晴热甚　八月十六日　星期二

五时起，开船后无聊已极，不时抱定儿上下楼。天热颇以为苦。下午八时半船到宜昌，起岸后极费周折。刘绍安托人觅得乐善堂街荣昌旅馆两房间，皆余亲往交涉。盖彭、陈等均未上岸也。转钟一时乃得搬入，困乏已极。余与梦闲所住房甚热，睡亦不安。

廿二日　晴热　早小雨一次　八月十七日　星期三

七时起，倦甚，足软。饭后访刘生培森，知已回乡，访文旃谈各事。旅馆房间极热,午后搬下二层楼较好。晚访陈子鹄,谈片刻出。梦闲同定生迁文旃家中居住。十一时寝。

廿三日　晴　热甚　雨　八月十八日　星期四

七时起,发各处函,用航空者六封,平快四封。闻武汉自十四日起炸甚烈,十六日尤甚,胡升转来梦闲家函,系十四日发,大约省宅尚不要紧。晚十二时寝。

廿四日　雨　晚晴　气候稍凉　八月十九日　星期五

七时起,八时半与梦闲出外一次。今晨早祀关圣,并抽签三次。晚至文旃寓谈甚久出,十二时寝。

廿五日　晴热　八月二十日　星期六

七时起,九时半吴寿田来,云林扶慈在文华遇炸事。沈委员来。十一时沙市来长途电话,伯阳所约者也。谈八分钟毕。午后饭食不佳,余以伤风怯冷,睡一小时,洗澡无汗。晚八时至文旃家坐谈并治伤风疾,食粥一盂,甚可口。十时半归,闻朱云亭、朱济安均来奉看。今日余曾向其探怀冰驻地也。发郑宇平、朱怀冰、方主席函,均用航空递去。晚十二时寝。

廿六日　晴热甚　八月廿一日　星期日

六时起,今日病象已见,足软,怯冷,骨酸痛。乘车访姜医生二次,未遇,约其至文端寓中看病,就寓中服药。宿未能安寝。梦闲料理余服药等事,睡时已子正矣。

廿七日　晴热甚　八月廿二日

七时起，服药毕，病已减轻。余仍回旅馆，饮食未进。晚寝不安。

廿八日　晴热甚　百度上下　八月廿三日

七时起，病已愈，惟精神疲乏。阅报知战事尚好。出外数次访文端打听各事。连日省宅无信来，另写一函问胡承颜，请其代探寓中各事，用航函发出。晚十一时寝。准备明晨下乡。

廿九日　晴热　约百度以上　八月廿四日

五时起，轿伕来，五时半起行，九时到冯艺林家，饭后其子送余，约行半里，闻飞机声甚多，旋见天空十八架分二批袭宜昌。余嘱轿伕避大树下，闻投弹声、高射炮声齐作。小停片刻即嘱轿伕急行，但轿小又无围帘，顶矮头闷，身如火灼，心胸受热气已闭矣。头目晕眩，眼无光，身乏极，小溲时作，似欲脱状，而轿伕行不动，三里二里一歇，午后三时乃到闵姓家，已乏不能支，卧地上，以簟承之，气乃稍平，嘱人送信至文伯家中。未几其子来接，余仍乘舆，行至文伯家，病不能起，文伯父子更番招待，食葛粉一盂后，忽打噎，气逆不能上。晚间更甚，不思饮食，且呕吐甚，状殊危险。十一时写信，命舆夫带信嘱梦闲后天来此照料，十二时寝，打噎更甚。

闰七月

初一日　晴热甚　八月廿五　星期四

七时起，气逆打噎更甚。十时怯寒，身飑动不能止，类疟疾，三小时乃止，汗后心稍松快，进葛粉一盂，午后心胸极不快。文伯父子来视疾。心烦意乱，晚寝不安。

初二日　晴热甚　八月廿六日　星期五

七时起，馁而不能食，仅饮茶水而已，望梦闲至十二时半方来料理，开轿力、挑力后，命其煮茶照料各事，然仍不能进饮食也。请文伯寻杂书来看，无精打采，心胸俱沉闷不堪。午后食粥半盂，自是以后疾益重，胸膈俱不开，心乱如麻，坐卧不安，腹饥不能食物，惟饮茶水数

民国二十七年（1938年）　闰七月

次，打噎不止，腹中觉饿亦不敢食。此五十二岁以来未受之苦也。文伯父子时来问。晚尤无聊，思乡有泪，急中呼母并念数十百遍观音大士号，以求减轻疾苦耳。十时寝不成寐，时时起坐。

初三日　晴热　晚风雨数次　八月廿七日　星期六

六时起，食百合粉一盂，打噎气逆更甚，极以为苦。昼寝多梦，梦一小头人甚长，于迷昏中为祟，若自大之状，有多人恭维之，余亦附和之。午后三时，文伯引医生来诊脉，谓已成疟疾，明晨服常山药等等。晚寝不安，时时起坐。

初四日　晴　晚大风雨　八月廿八日　星期日

六时起，打噎未止。十时脾寒又作，梦中见昨日小头脑人仍如昨状，遂嘱梦闲问文伯之母与其昆季，则状似其父也。其父去世年仅四十一岁，则余之来也，未谒其木主，致令其为剧耶？许以进香焚楮，午后打噎气逆俱止，亦有灵矣。昔民国甲寅六月余曾患疟一次，梦中见鬼物揶揄种种状态，昨日曾忆及前事，遂有感召欤。晚寝不安。

初五日　晴凉　八月廿九日　星期一

七时起，午后文伯之弟名家诰者来看疾。三时乡医来看病，开方服药一剂，晚寝极不安。今日宜昌有警报，敌机未来。

初六日　晴热　八月三十日

七时起，疾略减轻，十时仍发寒。午后阅《纲鉴》宋汉等朝，浏览不能记，消时日而已，晚九时寝。

初七日　晴热　八月三十一日　星期三

七时起，十时略进饮食，精神未复，行步不稳。连日有人入城，文旆逐日带报来阅，战事似转好。余以思乡又未见省宅及县宅来信，殊为焦虑也，晚睡不安。

初八日　晴　九月一日

七时起，进食后略览《纲鉴》、杂书。见宋太祖取天下甚易，宋太宗心术不正，虽传国三百馀年，后人之亡国亦惨。天道好环，造物忌巧。君主位置尊荣，生杀予夺由已。及其欲得之也，父子兄弟之义俱废，攫之而已，此真不良政治也。晚间外出小立，足软不良于行。十时寝。

初九日　阴晴不定　九月二日

七时起，病已减轻。晚间文旆处带报回并附信件，系胡升不在省宅退回者。局批转孙祖德，亦无人代收，似余家中并未接我到宜之函也。心焦灼甚，拟补函发出，明晨再着人往。十一时寝。

初十日　晴　九月三日　星期六

七时起，疾渐愈，惟思食而无可食之物，乡间诸事无出售者。午后看《纲鉴》宋高宗朝，高宗惧二帝归而己身无安置，其纵□秦桧主和，提回岳忠武，班师而复冤杀之者，彼别有用心也。后人骂桧贼有何益耶？总之宋太宗接承艺祖大统，假仁假义，居心叵测，人第知当时政治良善，以敷衍天下之人民，然其心术已坏，宜子孙食报也。晚间阅报并文旆处转来各函。十一时寝。

十一日　晴　九月四日　星期日

七时起，病已渐好，思饮食，乡间缺乏，近数日每着人往宜昌购物，每次川资七角或四角，殊不赀也。寓此无可阅之书，殊为闷甚。晚益无聊，早寝。

民国二十七年（1938年）　闰七月

十二日　晴燥　九月五日　星期一

六时半起，连日早食自起为炊。小儿燥闹不已。余实昏沉足软，自炊极以为苦。前雇老妪仅做工六日即去，一切非自己照料不可。晚九时寝。

十三日　晴燥　九月六日

七时起，自炊食后无聊甚。午后看《纲鉴》已厌矣，又无他书可看。晚间送信人归，带有文旃信件并报鄂东战事已转好，瑞昌、阳新间甚顺利，毙敌二千馀，颇可喜也。十一时寝。

十四日　阴燥　九月七日　星期三

六时起，今日身体稍好，神气亦清，文伯之弟季名来请余过其家吃饭。午后一时乘舆去,仅二里许。同席者任桂庭区长、邓区员、杨星阶、张生及陈鲁初,安徽凤阳人,曾在归德国民银行办事,逃难来此已三月矣。馀均区署中人。又余宪章,麻城人,后到者。四时仍乘舆归。九时阅杂书,十一时寝。

十五日　阴小雨　晚仍小雨　今日白露节　九月八日　星期四

七时起,疾已大痊,思食。午后为竹战戏,小雨无事,消遣而已。前日发家信用航空,不久必有函来,晚凉早寝。

十六日　晴　七月九日　星期五

七时起,嘱文伯之子带信致彭受虚并代邮局发二函,一致胡升,一致郑宇平。午后为竹战之戏,晚沉闷之极,九时寝。

民国二十七年（1938年）　　闰七月

十七日　阴　小雨　九月十日　星期六

六时半起，今晨写信王文旆托买各零件，十时半为竹战戏至午后四时罢。傍晚带信人回，文旆已有回信，便述战事有和议希望，并带报二份，知我军胜利也。十时寝。

十八日　阴　小雨数次　九月十一日

七时起，九时文伯约竹战，未终局，彭受虚等自宜昌来，扰扰半日。晚甚疲乏，清理各事，十一时寝。

十九日　阴　九月十二日

八时起，倦甚，然气已舒畅，足不软，肾气下降，病已大减矣。午后写秦培新等函三件，为竹战戏。四时半杨星阶来谈片刻去，十一时寝。今午后三时朱阳春自宜昌来此，云七日自汉口动身，二日曾往武昌住宅一看，门已锁矣，外面贴条。信件转汉口孙寿山，胡升并未来信，真荒唐至极。前次飞机函已退回宜局，批系转大朝街孙祖德，亦无人收。

二十日　阴　时有小雨　九月十三日　星期二

六时半起，呼朱阳春起，交昨夕写函九件，分致徐幼云等，命阳春随同刘培忠到宜昌买物、取信件各事。午后在家看《清宫秘记》，又写李佛波等信六件。

廿一日　阴　时有小雨　九月十四日

七时起，连日疾已大愈，饮食大进。十一时胡先生来，共作竹战戏，四时方散。晚阅清代十三朝宫闱秘记，多有可信之事。总之胡人入主中夏，礼教缺乏，乱伦之事极多。汉奸逢君之恶，奴隶汉人。文字之狱尤为吾人千古痛恨。洪承畴、吴三桂之肉其足食哉。十二时寝。

民国二十七年（1938年）　闰七月

廿二日　阴　小雨　晚大雨　九月十五日　星期五

七时起，今晨命刘培忠往宜昌购物取件，正午为竹战戏，下午五时散。傍晚刘归，得鄂城函，厚训、根生尚未动身。文旃来函，云县中时疫大作，证以根生函，县城内亡者不少。戚友如杨厚安、傅象虚及其太夫人俱染时疫亡矣！病而未痊者甚多。朱万来函云顾局长已许委一事，又朱、倪讼案袁司法已判决，武断至极。原词仍用航空函退根生，并写文旃、邓实、梅凤山等函，嘱查看武昌房屋情形，写至晚十二时方止。腹馁，至厨房油炸食物后方寝。

廿三日　阴　雨　九月十六日　星期六

八时半起，十时写本会计算一份，惠安未来，无人写此，陈世兄往宜托带寄鄂城段家店航空信，又邓实、夏炳承等函。午后一时约胡先生来为竹战戏，晚六时毕。夜间写张重心等函，十一时寝。

廿四日　雨　九月十七　星期日

八时起，倦甚，足软。午后陈世兄回，带来王文端信，并胡升自武昌来函，系九月七日发，十六到宜昌，十日方到。又伯阳、夏长生函。晚间覆伯阳、长生、胡升、胡祥安、彭慎旃函，并寄根生、张小谷、孟广纬、宋济贤、萧液垓等函，写至十二时方毕，转钟一时寝。

廿五日　早雨　九月十八日　星期一

八时起，饭后为竹战戏，四时毕。今年七月底至闰七月初，天酷热如蒸，久旱不雨，枯燥，多病人。近九日来大小雨时作，愁闷不堪，晚写黄松师函并文端函，嘱老刘明晨到宜昌买物发信共十三件，十一时半方寝。

民国二十七年（1938年）　闰七月

廿六日　雨　终日雨　九月十九日　星期二

七时起，命老刘至宜昌分付各语后，仍睡至九时起，饭后无事，天雨更觉愁闷不堪，傍晚刘归，得伯阳函，知其不日到潜江就所长事。又朱阳春函，顾局长已派渠为局内稽征员，月薪廿五元，彼来此原无目的，恰逢此机会，可见凡事有定也！晚十一时寝。

廿七日　雨　竟日　九月二十日　星期三

八时半起，愁闷不堪，又无书可阅，午后为竹战之戏，六时方散。晚间无事，更为抑郁，十一时寝。

廿八日　雨　九月廿一日　星期四

八时起，早饭后无多事，忽记幼年所作七绝七律诗，如：《蛙鼓莺歌》《李青莲梦笔生花》等八九首，因另记之。午后为竹战戏八圈毕。晚十一时寝。

廿九日　雨终日　九月廿二日　星期五

七时起，今日刘培忠到宜昌，致函文旃托买各物并发向胖佛一函，问近状，雨中无事，仍为竹战八圈。晚七时刘归，携有近三日汉报，前方战事仍保守原地，敌人死亡不少，甚可喜也。又借来各记事书甚好，十一时寝。

三十日　雨　夜十二时后停　九月廿三日　星期六

八时半起，阅文旃所借之书《枕亚浪墨》三集二本竣，此书可补清代野史之不逮。午后竹战八圈。晚仍看杂书，十二时寝不成寐，转钟以后犬吠五六次，自远而近，疑有贼，时起听之，三时以后乃睡熟也。

八月

初一日　早阴　午后小雨　九月廿四日　今日秋分节

七时起,连日阴雨,郁闷万分,武汉及鄂城不知情形如何,尤为焦虑。晚间无事阅民国野史。十一时寝。

初二日　雨　九月廿五日

七时起,今晨刘役往宜昌购物件并取信。午后阅杂书,晚间刘役取信归,得根生航空函,知尚未动身,鄂东吃紧,拟与惠安等同来。又潘仲平函,云其母死。又邓实函云送家眷来。又阅报,鄂城、浠水、宋埠、纸坊等处廿四日又遭敌机轰炸,其详情不得知。文旃写信亦如此说,并云萧步云因病卒于汉口矣。我县染疫死者数百人,奇灾也。鄂城人心不好，然较之汉口为优，何以汉口不遭厉疫邪？不可解，十二时寝。

初三日　早阴　正午小雨　午后天气似转晴意　九月廿六日

七时起，昨接信，心不快。九时带同康斌往三区署，欲用电话问王文斿以各事，买草鞋套于皮鞋上行路，泥深而滑，极以为苦。到区署晤任区长、区员等，知电话不灵，须俟县政府有电话来方能接也。正午嘱陈季铭雇二人，乘舆归。今日吃亏不小，且未得宜昌电话，尤抑闷不堪。晚间无事又无书可看，十一时寝。

初四日　晴　九月廿七日

七时起，天已放晴，入秋连雨十七日，民国以来尚未见过此事。倭寇入境乃感此现象，真天变也。午后写字数张，本欲外出以泥深未干未果，且昨午前足已疲矣。拟再晴一日即往沙市查案。

余在乡间苦闷廿馀日矣。白昼室内外小蝇以千万计，盈集各处。夜间蚊虫嚼人，跳蚤满床席，早晚又有小蠓子嚼人手脸亦痛。据此地人云，向来如此，不过今旱病人多，蚊蠓苍蝇较盛耳。宜昌市蝇尚少，跳蚤亦未有乡间之盛。小儿定生时时为蚊子跳蚤嚼伤，遍身红肿，如豌豆大者二十馀处。每晚如此，奈何。今晚阅报，战事无甚进展。十二时寝。

初五日　晴　九月廿八日　星期三

七时起，饭后清理各事，拟明日出差，嘱老陈雇定轿子。晚间阅报，战事未有进展，思鄂城家眷老幼，不知已动身否。十一时寝。

初六日　晴　九月廿九日　星期四

七时起，九时半乘舆动身，沿途歇甚久，迟至下午三时方到宜昌，径访文端，细问近两旬之事。朱阳春来，嘱其准备各事，并探有沙市大轮否。晚晤顾季安。十一时与阳春乘武林轮，坐三等舱，客仅五六人，转钟一时寝。

初七日　晴　九月卅日

五时半闻船启椗，十一时到沙市，至连升福栈，见已淹水，遂住大方栈八号，此栈极不佳，屋老虑倒塌也。以不能久住，不便迁出。饭后访孙伯琴，知伯阳今日方往潜江接事，惜余迟来一日，未之晤也。喻幼香、廖伯周、谢纯丞、吕景福俱来访，分谈若干时去。十一时半寝，备明晨往藕池口。

初八日　晴　十月一日　星期六

七时起，上枝江小轮船，人客拥挤不堪，军队尤多，系往郝穴者，纪律不好，其人皆粤川口音，然较之往昔稍

民国二十六年（1938年）　八月

优耳。下午二时到藕池，住交通旅馆第二号，饭后三时访区署，知已换李显，则李未在区署。访廖纯古谈甚久，访商会鲁知煦会长，谈片刻归。晚十一时寝，藕池甚安静，从未有敌机经过。

初九日　晴　十月二日

八时起，九时进食，十时与阳春雇舟到石首县，下午半时抵县。上岸访孙会长，知其在藕池，转阳春寻一酒馆。午餐毕，访刘县长逸尘谈甚久。彼述打经征主任谌志强事甚久，余以片面之语，未遽信也。辞出后已二时半，到邮局访万局长，而谌志强与县府潘主任并谭菊畦亦来细谈各事。万炎午备有午餐，晚在菊畦家消夜。嘱阳春宿邮局，余遂宿谭处。

初十日　晴热甚　早有雾　十月三日　星期一

七时起，谭、邹因有事须听专员训话，早去。余八时半早点毕，李守元来，云田家镇已失矣。带报来看，战事不利，武汉吃紧，而吾鄂城滨江尤可虑也。十时炎午、阳春来，遂同往城外游圣庙及三义寺、中心小学、初中等处毕。十二时到菊畦家午餐，邹若钦及王明道作陪，李守元亦来，并便约余至月华楼晚餐后再回藕池，不便拒也。昨今天两日游石首城内外各处，总之僻乡穷县，无可纪念留连之地也。炎午欲余代诸人写大对，已许之。午后三时守元约看李委员长庚甲，李即刘县长所指为能在石首操纵一切者也。其人曾在我县陈轶尘县长任内充秘书者。余与李等谈后便至酒楼晚餐。行街中，日烈而身忽怯冷，至酒馆疟疾发矣。遂卧馆中，诸人饮酒食肉，余仅闻其谈论而已，转烧出汗约一时许。余因天气尚早必欲行，李、万等知余意决，遂雇民船，党部李书记来询各事，亦便送余下河。余实热未退，到船时约下午五时半，船行甚速，今日有月光，至藕池旅馆中已七时矣。嘱阳春约廖纯古来谈各事去，杨民任来求见，余未之许。吕景芳来谈谋事，余嘱其往沙市再谈。十二时寝。

民国二十六年（1938年）　八月

十一日　晴热甚　十月四日　星期二

四时半醒，五时半起，即同阳春下河搭绥远轮赴沙市，买得铺位甚适。轮过郝穴时闻上船人云，有飞机十九架经郝穴上空西行，大约炸宜昌或重庆也。敌机如此凶横，盖已知吾鄂无空军也。饭后小睡，午后一时醒，闻吕景芳云刚才敌机西下时正经船顶上空探过，船中客人惧甚，舵房预备停车避之，幸余此时已睡熟矣。三时抵沙市，起岸后往长江旅馆，命阳春打电话问宜昌今日被炸事，未打通，四时访孙伯琴。晚间外出数次，吕景芳亦在此馆食宿，今午见湘潭轮抵沙市。

十二日　晴热甚　十月五日　星期三

七时起，八时至长途电话局打电话询王文端，乃知昨日敌机系炸重庆非宜昌也。午餐后往查谢士纶案归。饭后闻警报，幸已回馆，约一小时解严。未几，警报又作，约半时许解严。五时喻幼香来谈，孙伯琴、谢纯丞、廖伯周先后来谈。宝和轮抵埠，余结账，与旅馆茶房同上船，统舱及顶篷上均有铺位，以人多不能吐气。余以太难受，恐复受病也，仍与阳春下船俟明日搭江新较好，否则搭小轮也。回馆汗出如浉，余此次先命阳春到轮察看万内子等搭此船否，继又自往者，恐人多未见万内子及儿辈，虑阳春目有未遍也，房舱统舱余时留神，未见也。文端自宜昌转到根生飞机信，自汉口迎宾江馆发者，云系搭江和轮，但时日推，询之馆中人，云江和轮前天开下水，今日如何能到沙市，心中悬之不能已。洗澡后嘱馆中人如江新到埠，先代余设法买房舱或官舱票。十二时寝。

十三日　阴　早微雨　十月六日　星期四

转钟二时闻馆中茶房云，江新已到埠，阳春遂呼余起，匆匆上船，但余到时已迟，仅有二号房舱空一铺位，幸旅馆人已向账房购得，乃与阳春俱住此房。上铺乃飞机机械科职员，磨姓，广西宾阳人。磨姓甚奇，此人名磨寿禄，其家弟兄五人，述广西征兵制甚好，且行之十年矣。

民国二十六年（1938年）　八月

彼自汉口乘此轮者，云此轮未开驶时统舱起火，烧死及落水者数人，中间行时又遇一次危险。余闻此言甚虑。今日如晴霁，恐空袭也。五时船开，下午七时半到，忽闻海关派医生来验疫，候至一时半方见男女医生数人来查看，姗姗其行，状殊可恶。噫！此中国卫生署无聊之举，徒延搭客时间，有疫又如何？须知此次搭中国轮，多逃难之人也。八时半抵岸，所停码头距正街又远，觅人力车不得，盖前上岸诸客早已乘之走矣。与阳春步行至二马路、一马路，寻旅馆，客已住满，乃至文旐寓，知其未归。寻至农贷所，据谈今午曾有人来晤，言艾姓，似惠安状，已来宜昌，彼已饬老谈遍询各栈不得，明晨当再寻之。余谓彼等航空函系云搭江和，但宝和轮余曾上该轮寻两次，未必搭湘潭轮耶？宿文旐所中，疑虑殊甚。文旐许明晨再探各小旅馆中问艾惠安来否。文旐去后，余疑虑中宵，寝不成寐。

十四日　阴　十月七日　星期五

六时半起，七时文端来，旋老谈来，云已寻得艾惠安住湘江旅馆，即刻来晤，余遂候之。惠安来，初发言即云根生到此抱病，已着人到陈文伯家中赶余来宜昌，遂嘱惠安仍先回馆中止赶者。余匆匆乘车至馆，见根生卧床上，头发热，言语如常，谓系疟疾状，与余述在乡各事，并云鄂城后又被炸，熊发已炸死，东门余宅尚安全。又京山炸时，尹县长已在籍受伤，到汉仍死，及其他各事。余嘱其好好调养，谓此不甚要紧。约坐一时许，阳春来，余嘱其不时来馆招呼，往接姜医生来治根生疾，再到馆中嘱各语，遂乘车至北门雇轿回乡。唯今晨车夫行路不慎撞倒川人某甲，破其短褂，余遂嘱其至北门外解决，然心甚恶之。轿行甚速，午后二时半回陈宅，知文伯祖母明日生辰，年八十三，文伯廿日诞辰，年四十，遂嘱梦闲送洋四元，会中送二元为寿仪。晚间与梦闲谈各事，与彭受虚谈会中事。十一时寝，心念根生疾，寝亦不安。转钟后梦先父先母，数年未梦先父，所言何事不能记忆。先母则怒目视余，似不悦状。醒时已上午四时，约记如此。

十五日　阴　晚月光甚微　十月八日　星期六

八时起，以昨梦告知梦闲，虑先君墓不安也。午后心不怿。五时半陈宅约赴寿筵,已有多客座中,晤及杨心阶,述各事。晚十二时寝。

十六日　阴雨　今日塞露节　十月九日　星期日

八时起,闻陈宅未进香,不便祝寿,且疑之,遂与梦闲同往,向后再致祝,则彼宅香案已撤矣。午后抑闷不堪,晚间刘仆回,无多信件。十一时寝。

十七日　雨　十月十一日　星期一

七时起,昨晚睡后多梦,心绪不安所致,念根儿疾,不知如何。午后心尤不安,晚寝不寐,时起时坐,合眼多梦。

十八日　阴　十月十一日

七时,余未起床,闻外面有向余送信来者云朱根生病重之语。余闻即起，问来人，系军队持惠安所书条子，云根儿病转剧，请来商酌诊治，并阳春书有数语于后。余心慌乱，即嘱人雇轿。未几，轿来，乘之往宜昌，在小溪塔略憩，午后一时到湘江馆。见根儿病状似疲甚，且打嗝，细问各事，则昨晚经西医打针服药水后，已见清醒，盖昨日正午已失知觉也。热度不退，闻内子云，自余十四日回乡后，根儿病加重，晚热甚，昨日上午出汗太多，心胸热不散，不进饮食，热退出汗，旋转四肢俱冷矣。余问之，能答语，且云认识清楚，并索报看，但气力已微，面瘦如削，齿愈外露。余甚忧虑，且遗溺不知，尤属气虚甚。以西医诊见效，下午五时仍请其来打针，根生知痛，闻昨打针后乃自以白手巾包之。又闻根生时时呓语，谓已归鄂城见祖母云，房子被兵援乱不堪，然疟症有呓语不忌也。余从前打嗝已愈，无甚顾虑，嘱家人劝之食粥，接其气力耳。傍晚似减轻病状，文旎夫人来看余时与根生语，觉其疲甚。尤时时以到施南住学为念，恐其疾不急愈也。九时病似又减轻，服西医药。余觉尚不要紧，十时至文端当铺中宿，十一时半寝，转钟四时醒，心不安。

民国二十六年（1938年）　八月

十九日　阴　十月十二日

六时半起，七时当铺门方开。余匆匆乘人力车到馆，视根儿疾，据家人说昨晚未加剧，但根儿时有呓语。余问其思食否，则云思梨子罐头，晨已进薄粥。余匆匆出门至二马路买梨子并山楂糕片归，付之食二片，削梨子以开水泡过，儿食将竣，仅馀一小块。余谓荡热否，根儿云不甚热，此由隔壁房太闹杂，迁入第二号官房时情状也。自是又转热，精神疲甚。正午又出汗如沈，目光神气甚差，不愿进食，且不言语，目则开合如常。午后更疲状转剧，打噎不止，脚手又冷如冰，犹以为系疟疾加重也。七时西医来打针，不知痛楚，服药亦不效，疲甚，万内子谓此儿难保全，余尚劝抑之。傍晚问姜医生，谓脉系疟疾，并未绝望。西医出门时，余亦细问之，云不要紧，非绝症也，系恶疟，今晚无虑，明晨九时当来诊之。十时馆中来军队学生甚多，卧楼板俱满，心烦甚。根生静卧似失知觉，进出气如常，惟略急，未几仍缓目略扬。余与阳春下楼洗澡毕，上楼看时，闻其出入气又转缓，惟不语不思饮水，为可虑。十一时半气渐微，用文端送来符焚之，用开服，已不能吞下，内子以手拨其齿，虽吞下，似无知觉，恐气结在此时矣。先两时出汗多，故不觉，余抚其额尚温，其胸部仍热，四肢亦不甚冷。十二时交正子，根儿更无知觉，余乃哭，内子悲痛甚，且招呼此儿疾自八月初八起，至今日已疲困不成人像，悲痛原不可止。惟旅馆客众、旅馆主与茶房来理论，有挟制语，被余厉色叱之去。未几，文端嘱一分局派二巡官来，余述馆主无理状，巡官亦叱茶房，使之告馆主乃去。余与内子及惠安、迟儿视根生尸痛哭不已，嗟乎！余长子纯学五龄而夭，次子太铮三龄馀而夭，痛心处那可说，不料根儿襁褓时多病，年十五以后病尚少，十六岁住武汉启黄中学、九中以及去岁住第一中学高中部时有疾病，起时甚剧，调治后即愈，余以为无事矣。且从前推造者均谓儿造为拱禄格，十九岁交好运，权印得实，今乃不验，且致客死宜昌，痛心如此，或者余之罪过累及吾儿耶？天乎天乎！昨日午后曾诚心往南门关圣楼进香，敬卜儿病吉凶，降十三签语，文不类答亡儿病者，但不可解。晚告知文端亦不知所谓。余则以文句系求功名者，何神示乃如此耶？

民国二十六年（1938年） 八月

二十日 阴 早小雨 十月十三日

昨通宵未寝，七时文端、秉林、迪甫先后来商根生衣棺及安葬北门外镇景山诸事。秉林宜昌土著，各界均知，此次一切均托其料理，又虑空袭，入殓开路安葬，一切不能择时日，草草毕事。秉林能看地，亦便托之。所买棺材甚好，在市价应作百元，秉林以六十馀元购之，卖主乃其熟人，灰亦就该店买就，衣则根儿携来旧衣之净者，仅买帽裤，着其未穿之新布鞋，棺原□漆就绪，十一时诸事办毕。刘秉林率同惠安、迪甫、老谈、朱阳春等送亡儿柩出北门安葬。余嘱内子勿哭，嘱迟生不送，设在家中死，不致如此急促简略。国难家难，余焉得不痛心耶？设非今年四月间认识秉林，此事真无办法用钱，向何人谈话拜托耶？十一时文端及其妻均来，约余往其寓暂息，食不下咽，小寝后即起，浣漱毕，诚心至南门再为祷告，觉余罪过，现可消灭，以后立誓为善，于关圣帝君前跪誓抽签，五卜而不能就，最后得十三签，则十八日午后往关圣前问根儿病可愈否之原签也。其文云："借便因人非善谋，曳裙端可见王侯。功名垂手诚非佞，事在人间桂子秋。"解曰："事须详密，不可轻举，依时而作，有谋可许。"此卦识达事务之象，凡事待时而吉，扪心自思，前者问儿病如何，得此签文似不类，后者谓立誓为善，如袁了凡所云："以前所为，譬如昨日死；以后所为，譬如今日生。"戊午冬太铮儿病殀时，余往岳武穆庙祷告立誓，庚申冬乃生此儿，或者余行善不周欤？记自民国元年至今，救人之事实有数起，并未夸示于人以为功也。然颜渊之殀，盗跖之寿，则又在例外欤？在庙抽签后，即回旅馆嘱内子清各物件，预备明晨回乡间，一切俱请阳春办理。晚寝不安，枕边泪湿，不料孟夫人卒后又哭根儿，神伤万分，体质愈弱，奈何，奈何。醒梦中均时时呼根儿不已。

廿一日　阴　小雨　十月十四日

六时半起，八时轿子、挑子俱来，与内子、惠安、迟生分坐，并挑子二人。阳春送余出门，凄楚万分，路滑不易行。九时经根儿墓，此地名镇景山，距宜昌北门外三里馀，距市区约六里，墓左一坟碑上□缺刘母某太君，文尚认识，右一坟无碑，再右李母陈孺人碑，再右而下约六尺，地有高碑，文前行为"道光廿年三月清明吉"，中为"故叔考罗公克洪"，未行"故显考罗元缓罗母熊老孺"，盖三棺合坟也。刊有酉山卯向字，前面系水田数方，根儿墓同此向。舆行甚缓。午后三时半方到陈家畈，内子伤感万分，余则心痛不已。晚饭后十一时寝。

廿二日　阴　十月十五日　星期六

八时起，午后到万内子处，见已为亡儿立一灵位矣。内子云昨夜点灯，房颇见奇异，盆水倾溢而灯不熄，儿灵魂已归乡欤？增惨而已。余回寓抑闷不堪。

廿三日　晴　十月十六日

八时起，抑闷甚。午后疲卧，增万分之感。晚阅报，战事不利。

廿四日 晴 十月十七日

八时起，心郁甚，晚九时寝。

廿五日 晴燥 十月十八日

八时起，闷郁万分。早饭后带同迟生往张家场一看，因今日该场赶集也。民房廿馀家，污秽不堪，仅有买肉藕、黑干子之类小菜，亦无萝卜等物。与迟儿略坐，饮茶片刻仍回陈宅。此处山路亦略具风景。今日往返共十里，足已疲矣。晚阅报，知田家镇失后敌军已到浠水、石灰窑一带，战事吃紧，武汉恐不能保矣。十一时寝。

廿六日 晴燥 十月十九日 星期三

八时起，十一时同陈文伯往杨星阶家吃饭。彼前日预约者。其父年八十，耳聪目明无疾病，行路甚健，惟老年无妪招呼，似多不便。其孙四人已分居，星阶之妻，续弦者也。饮食起睡据星阶系其招呼而已。同席者任区长、邓余两区员、张叟、杨叟等，菜肴自办，尚可口，午后三时归，十时寝。

廿七日　晴　十月二十日　星期四

八时起，今日孔子圣诞，以居此未能进香，真难对圣人。日祸方亟，天未厌乱，孔圣在天之灵曷不一殛之耶？晚抑闷不堪，十一时寝。

廿八日　晴阳不定　十月廿一日　星期五

七时半起，连日均到万内子处略坐。连夕均有梦，无非思虑不清，精神已乱，醒时或记或不记忆也。晚知战事更坏，闷甚。十一时寝。

廿九日　晴　十月廿二日　星期六

七时起,八时到万内子处,并令迟儿写字看书,便上史阁部《覆满清多尔衮书》一篇,令之写读。午后阅报,战事不佳,晚十时寝。

九月

初一日　阴　十月廿三日　星期日

七时半起,心抑郁甚,昨夕知战事不佳,设武汉失陷,将奈何?宜昌往施南系水路往巴东转汽车往施南。余居此人多,行动极不易也。午后阅文旐带来点句读《心经》,第二句为"行深般若波罗密多时",与余所闻定远和尚所念者不同。文旐近来念佛,且写经字亦端好,此人已悟矣。晚十一时寝后多恶梦。

初二日　阳　十月廿四日　星期一

八时起,九时往看迟生写小字,此儿不甚用心,奈何。午后念鄂城宅中字画,虽取出一箱付朱唐庄存放。惟县宅尚有大中堂张濂卿字,沈雪庐师画,又先祖父祖母像未取回乡间放置。当时因此画太长不便带出,以后屡作函至胡林,亦未告知根生等回县宅取出,至今心耿耿也。傍晚陈文伯之子自宜市归,持来《武汉日报》,载武汉已失,武昌大火。又江新轮行至城陵矶被倭机轰炸,死者千馀人。前日胡升来航空函云,拟搭江新轮来宜,果尔,其性命休矣。心烦闷之至,当与惠安等言之。拟去电问徐幼云,因前函云彼将余存法界衣箱取回放幼云栈中也。晚写航空信数件,明日当着人送宜昌。

初三日　阴　十月廿五日　星期二

七时起,午后打听信息,云江新被炸,路人传说者多,心闷无已。

初四日　晴　十月廿六日　星期三

八时起,午前往万内子处,午后七时得文旃信,云江新未炸,晚十一时寝。

初五日 晴 午后雨 十月廿七日

七时起,昨与刘仆雇定轿三顶、挑子一个,命之赶到城内接蕴玉等来乡间,预计今晚可到。午后心痛,小睡约二时许起来,胃痛气不适。晚雨渐大,候至十时未见轿子来乡间,亦不知轿伕等如何情形也。十时半寝,时为跳蚤嚼醒,心愈烦乱,又梦见先母如平昔操作。

初六日 早雨 十月廿八日 星期五

昨以跳蚤嚼,寝极难安,九时起,闻蕴玉等未归,究竟因何事阻滞耶?午后心烦意乱,五时邓实、邓坚、蕴玉,并胡升、梅先霖、孙祖德等俱来,述武汉沦陷事。余以心绪不宁,偶一问之,许多事欲问者,竟忘却矣。嘱彼等饭后往万内子寓中去,触目兴感,忆及吾儿根生之死又抑郁万分也。十时半寝,展转难寐,以后睡熟梦见先君,一如平时。鄂城坟墓不知安否。敌机轰炸以后曾再函询龚少山,未复,前闻已沦陷多时矣。何时归故园一省先父母之墓?

初七日　早雨　阴　晚八时雨　十月廿九日　星期六

九时起,连夕睡不安,跳蚤嚼人,心烦乱殊甚。自到宜昌后,每每梦见先父母,前三月曾梦鄂城房屋四墙俱毁其半,堂屋中有水一潴,卧房非余原来所住者,心恶之。此梦未记,然时时忆及也。鄂城房屋是否能保存,不可知也。今日胡升详说武昌房屋封闭事,黄海青迩时尚未出门,此屋亦不知将来可保存否。又云万内子今日未起床,骨酸痛甚。昨夕某时闻墙外有人呼万女,类先母声音,彼并未睡熟,亦异事也。明日当往问之,路隔不半里,泥深不能行。余住胡林时亦恶乡间雨后泥深没胫,今来宜昌见此境况,愈恶之。傍晚写胡升、胡剑秋荐函,复孟广纬、叶文鹏、刘伯阳诸人信。八时门外来一丐,据说是河南人,被征壮丁,击溃后逃此地,病不能行。嘱其于墙外草上睡之,催其明晨往他处,此事真伪难分也。十一时寝,

民国二十六年（1938年）　九月

转钟后此丐时时大呼不止。

初八日　小雨　午后阴　十月卅日　星期四

七时起，彭受虚往宜昌领款，十时至万内子处，知其病稍愈。问前夕事，云梦中见先母直呼其名甚厉，或者先母在鄂城墓地不安欤？命胡升往宜昌取行李等件，带挑子二人去，并约梅先霖来此宿，与谈一时许，十一时寝。今日未知武汉情形如何，甚闷。

初九日　阴　今重阳节　十月卅一日

八时半起，十一时胡升犹未回，甚□念宜昌市区。午后三时胡升带各件归，云宜市前日极恐慌，谣言四起，谓敌已到沙洋也，携归各函有贺宝之函，云严厅长已到宜昌，向胖佛未到。张仲心函劝余往渔洋关，且许接济小款。朱阳春、周淬成二函无甚要紧语。四时半彭受虚回，云省府即日迁施南，本会同省党部亦即时设法迁往。余以眷属人数又多，邓实等尚有六人，兼之胡升、梅先霖在此，如迁施南，那有如许川资，即筹得川资，如何购得轮船票耶？心烦意乱，抑郁万分，又闻武昌几全城大火，保安门宅尚存否，不得而知。十一时寝不成寐，转钟后梦先父母似在鄂城东门住宅与余商酌各事。又见朱姓祖宗□牌位并神柜俱移左侧置之，余谓谁移此牌位，将以胡姓置中耶？视之，浅蓝卷帐二帧交叉悬之，无胡姓牌位也。中间香几上置一有小格扇之祖宗牌位，但不知谁姓也。又先父母云此屋前重并大院已售与周姓，嘱余立契，余不允，谓须俟回省后再立契约。醒时已上午五时。

初十日　阴晴　十一月一日

七时起，心中不怿，至万内子宅与言昨日梦兆，且嘱其准备迁时各事，心极抑郁也。邓实往宜昌，已书一函，嘱其面交严厅长，述余之近况及本会西迁事。午后三时写护照二张并封条十纸，盖印备行也。傍晚胡升、梅先霖俱小病，摘防风、薄荷发散等药，命其服之。七时刘培忠归，带归近二日报纸，敌机卅一日炸南昌、岳州甚惨，中国近无空军，只有任敌所为也。馀则敌人在汉作恶诸事。又载重庆已与俄京莫斯苛昨日无线电话成绩甚佳。又载敌机昨日发现于潜江、岳口上空。又载汉口特三区之北房屋大火，亦未施救。阅之徒增伤感而已。十一时半寝。

十一日 晴 十一月二日

七时起，彭湛然拟住宜昌，余亦同去，为轿伕迟至十一时半动身，轿子已坏，坐极不适。午后三时过镇景山见亡儿根生墓，下轿看其碑石，便以途中遇邓实所带《武汉日报》焚之，亡儿在生极喜阅报也。悲痛无已，泪下如雨，五十三岁哭十九岁之儿，真痛心事也。立片刻促轿夫行。四时抵王文端当铺，与谈各事，即约刘秉林至酒店，便餐洗澡毕。九时访向秘书，谈一刻便晤及蒋立庵，严厅长以事忙未能晤见。访喻育之未晤，仅与刘绍安夫妇谈半时许。云龙骧亦在座，便问军事战况，闻应城敌已占，而又退去。十一时至农贷所，闻彭湛然曾来访，亦不知彼住何处也。十二时写信三件，分寄张胄炎、孙亚东两县长。写竣寝，展转不寐，似被厚伤风，极不可耐，遂着衣起，再写一函致渔洋关张养颐。写竣已三时矣,和衣再寝。

十二日　晴　晚月色甚明　十月三日

七时起,八时彭来约往访喻育之,晤谈一切,遇潭君六先生。因得沈季殁通信地点,再访顾季安,托其寻朱平治代购往巴东轮船票。饭后乘轿回乡,在途中遇王伯良之弟,询各事,知燕喜等已来宜昌,且知伯良又在汉被捕,不知何事。舆行后又遇王伯亮述此事。又遇范寄沧,便谈数语,告以余不得意各事,约日再见。舆行至北门外问彭湛然,知彼舆夫未来。虑有空袭,促舆伕速行,此时已下午一时。行一刻钟,望见亡儿根生墓,仍下舆小立,悲伤间闻宜昌市区已发警报声,约十分钟,余遂至一茶肆小憩。未几,行人奔到者多,有汽车二辆,知为高等法院职员及院长郄某。余俟彭舆来,乃同行,三点钟至小溪塔,军队阻止前进,谓宜市已发警急警报矣。遂就整容店理发修面毕乃行,到寓已傍晚。饭后忽忆今日为先母生辰,向例必进香具素面焚楮,今日流亡在外,不能具此礼也。心痛之馀,至万内子寓,嘱菊生焚楮门外,余则具香而已。

十时归，十一时寝。

十三日 晴 十一月四日 星期五

七时起，八时闻飞机声，十时邓实拟往宜昌市，便写函复甘肃张重心，一致兴山沈季羖，为租屋住家事，一致严厅长。十一时邓实携函到市去。午后四时其四弟邓强自宜市归，云今日上午十时有警报，午后半时又有警报，昨日警报系炸沙市，王文旂转告彼者，以后上游各埠难免不狂炸几日。抗战年馀，失地如此之多，天心佑倭欤？不可知矣。晚十一时寝。

十四日 晴 月明如昼 十一月五日 星期六

七时起，八时半至万内子寓，便询迟生各事。至陈家店，闻路人云今晨宜市有警报。十二时至陈家店，又闻有警报。午后二时一刻敌机九架轰炸宜市，声颇震动。邓实昨正午到宜市，今日未归，不知宜市情形如何。晚间补写日记，十一时寝，转钟三时展转不寐。

十五日　晴阴不定　十一月六日　星期日

九时起，气候以北风阴寒，十时陈宗榜来看余，余问其居，则云距张家场仅三里，便托其向刘凤章说借屋事。饭后与邓婿商量派其弟至宜市北门外租借刘凤章或范季沧住宅事，并写一函与王文端。轮船票难买，此地距宜市又远，一时难得消息，而彭受虚复不至宜市接洽托人买票，仅在乡间候信，岂不误事？今日梦闲屡屡为被絮一床，必欲向万内子索回，余至万处询之，则已定入被中，遂索回，怒骂梦闲。此女心性极坏，毫不看人颜色，余自根生殁后心痛万分，彼时时忤我，借故以言语诮我，令我怄气，人之无良，一至如此。四时余往区署晤任区长，商租民船往巴东事，便看陈季民，八时方归。往返四里馀，归后自炊自浣，尤为怄气，十一时半寝。

民国二十六年（1938年） 九月

十六日 晴 月明无滓 万里无云 十一月七日

七时起，心中闷气难消。午后邓强携回王文端、朱阳春等函，轮船票尚未买定，不知何时可往巴东。五时半王安雪自宜昌来，彼云初二日在纸坊步行十二天到沙市，搭小轮来宜昌，受尽万苦、同来一张姓，邓实所用勤务也。便询各事。鄂城、武昌住宅，乡间存件不知如何，触动根生客死事，心酸涕出，噫！何时得解余愁耶？受虚定明晨到宜市，余胸抑郁，时往陈家店小坐。晚饭后更抑闷。小睡片刻，起时见月色大明，万里无云，光照地透明，今年无此月色，今夕见月，无比伤心也。厚训等来，与彭谈此行又添王仆，将来可减少吃亏事，此人余家用之久，诚实耐劳，此次余未料其能来也。十一时半寝，天欲明时恶梦可厌，益增心烦。

十七日　晴燥　今日立冬节　十一月八日　星期二

未起，闻飞机声，七时彭等扰扰云起程，便托其带一大网篮到宜市存之。饭后一时半又闻飞机自杨家场前山上空掠过，或系敌侦察机也。二时半小睡不着，思根儿涕泗横流，屡呼其名，又觉心痛无已，伤哉。余得子迟，乃根儿养至十九岁，余年五十三，满拟二年后儿已毕业，余可获安宁，稍释负担。今乃如此，天逼余太甚。然近来作恶之人尚多，子息且或安宁者，抑又何耶？或者其前生所修，今生所受欤？今生作恶，来生受之欤？天道似在可凭不可凭之间。胡升云今日往市区，因惠安已同受虚先行矣。五时闻自城内搬家至乡者云，今日又有警报数次。晚八时刘仆归，携彭函，云船票三日内可买就，并催余往宜市，但余今日午后与文伯商量，万一宜昌无船，只送眷属往小峰与其祖母同往，再作计较。余亦无款往施南，所用川资系已交薪资，设到施南而机关不能存在，将来又如何能归耶？款存彭手，此人又不近人情，余亦懒与言矣。十一时寝，心烦甚，展转不寝。转钟后多恶梦，遇大雨，余着雨衣外加长衫，为雨泥全湿，且多破裂痕，曾陷泥沙坑中一次，挣扎乃出。又梦天晴见北斗星，请孔文轩宴等事。

十八日　晴燥　早阴　十一月九日　星期三

七时起，心系念邓实、惠安、胡升等在宜情形如何。十时与万内子谈各事，归后闻陈文伯次子在门外云敌机又炸宜昌市，乃出外询之，陈家畈人均闻之，云炸声甚烈。云十二时邓实归，云惠安、胡升均已与彼晨早出城，并在亡儿根生墓画图，延半时许。以时推之，则惠安等已离市区十里矣，似未受骇。午后二时惠安归，乃知各事。彭无能力，船票恐未能买，闻陈庆复亦不愿西行，遂仍与文伯商至小峰暂避。如时机好，取道兴山转秭归至巴东可也。今日伤风鼻塞难过。十一时寝，转钟三时醒，竟不寐，鼻塞愈甚，遂起挑灯补写日记，鼠声四起，驱之不去，不能不起床也。

十九日 阴 十一月十日 星期四

九时起，心烦意乱，闻宜市当局催人民搬家甚急，妇孺步行络绎于途。学生、挑夫、壮丁步行者自晨至暮不绝，情况惨然。抗战十五阅月，失地则省会如苏、浙、皖、鄂、粤、燕、汴、鲁、晋九省，著名市镇则上海、苏州、镇江、杭州、芜湖、蚌埠、九江、汉口、广州、天津、信阳、青岛、大同等十三埠。敌人已入腹心，民众流离转徙，死伤者不可统计，噫！天心未厌乱，其祸尚不知何时可已也！负中华民国全责者，其心中感想如何！午后四时过万内子处，心伤无已。今夕为亡儿根生满一月期，本拟今日烧灵。只嘱内子俟余等搬迁时再为之烧灵。晚十时心更烦乱，遂寝，多恶梦。

二十日 阴 晴 十一月十一日

七时起，闻陈惠伯昨晚已归，遂询及渠家住小峰屋子

民国二十六年（1938年）　九月

事，所说不能归一，近日溃兵乱民过境，人心愈慌，闻自襄阳、应城退下之兵士，转隆泉铺经张家场经此渡溪，往两河口至兴山，又兴山保安团开回经此地到宜昌，而城内搬家至乡间之人极拥多。今日文端来函述各事，彼店中有暗潮带报来看，战事亦未大败，仍在皂市间；但宜市闭门者多，情形狼狈不堪。遂命王安雪往宜市彭受虚处取网篮并买各物件，付函持去。晚过万内子宅久谈述各事。九时归，十时寝，梦杂不可记忆，总之心乱，神不守舍而已。

廿一日　阴　十一月十二日　星期六

七时半起，饭后闻胡升自宜市归，未见王安雪到文端处。午后有逃兵七八人携有枪支二，过陈家店，略坐即行，云自应城退下者。未几被保安团迎面相遇，发枪示威，令之缴枪矣。傍晚王仆方归，携彭、王二人函，彭云搭中华大学民船往巴东，并谓战局转好，八路军攻"满洲国"，俄国出兵继之。王函谓外国广播英兵轮驻宜者，得息倭军在应城、皂市者已自撤退百里矣。料有变故，恐我军断其后路。果尔则战事又转好矣。姑妄听之耳。十时半寝，梦已回鄂城居宅，似是东门度旧历除夕者，出门忽见月光明亮如十七八月色，余谓除夕何以有月色耶。此除夕见月梦今年上季在武昌省宅见过一次。似余已回鄂城古楼街，半夜时过刘吉祥、何裕泰、徐宏丰等宅，一说此时为辞年，转瞬即拜年投贴矣。此吾乡习惯也。昨夕梦与从前梦同，或者阳历除夕能回鄂城本籍欤？是则余之愿也。查今年阳历十二月卅一日，即阴历十一月初十，应有月光明亮。梦事系廿一日晨补记。

廿二日　晴　早寒　十一月十三日　星期日

八时起，九时半补记昨夕梦中事，十时半闻宜市似有敌机轰炸声。饭后带同迟生往区署探消息，知宜市正在戒严，敌机已炸后去矣。梅先霖、邓强今日正午往宜市买物问讯，余介绍梅往陈子谷寓一谈，子谷必能告以各处消息也。晚十时寝，转钟四时醒。记梦中事；已见李佛波大夫人，此自李大嫂卒后未见梦者也。又似欲搭大轮往下游，自黄州起行，买票人谓现在怡和票已售尽，只有候招商局云云，余欲见张碧垣问搭轮事，忽醒矣。

廿三日　晴　十一月十四日　星期一

九时起,今日欲搬乡间,无轿伕及挑子,乡间正忙,不易雇人也。邓实午后到宜往重庆谋事。傍晚梅先林回,携来陈子谷函,并述各事,战事不利,长沙大火,恐湘垣难保。昨日王、彭函述二事,实则无之,闻之殊为丧气。余欲入川而不能,只有仍搬小峰为是,看长沙情形转变如何,再定余之进取也。十时半寝。

廿四日　阴晴　十一月十五日　星期二

八时半起,连日计画往小峰居住,心绪纷乱,午后三时半闻飞机声自北来甚厉,大约系炸四川经过者。晚王仆归,知邓实尚未搭轮。九时以后嘱梦闲清理各物,明晨老杨、王仆同往晓峰,布置房屋,并写文端、阳春、陈子谷信三件,付邓强明晨带宜昌。余以头痛心烦十时半寝。

廿五日　晴　十一月十六日　星期三

七时分付老杨等往晓峰去，八时半起，连日沉闷无聊。午后四时邓实兄弟自宜市归，云无船到重庆。王文旃带来馀款十五元三角馀，王云遥堤已掘，可阻敌军前进云。晚九时陈季民派人送信与文伯，云战事不好，沙市已闻炮声，县府饬各保派伕毁飞机场，似至吃紧地步。余拟明晨到晓峰，但无挑伕等等，殊为焦灼。今夕陈庭泮世兄云屋有四间，似可勉强住下。十时半寝，梦见孟夫人似欲搭船至某地，晚灯中住似会馆式之客栈，与余亲昵甚，着浣净旧衣服，余欲送之上船，尚未行也。又朱莲青、朱雪卿兄弟与余晤，面托一讼事，请解除，余用一公文与之，嘱某当局维持者。醒后已转钟二时半。

廿六日　早阴　午后晴　十一月十七日　星期四

六时半醒，七时起，九时闻宜市飞机、高射炮、炸弹

民国二十六年（1938年） 九月

声齐作，大约敌机沿江来炸宜昌也，约四十分钟乃止。下午二时敌机六架又来炸宜市，五时朱阳春来乡，带来应用各物，备往晓峰者。今日嘱将亡儿根生灵烧去，嘱万内子清理物件。余以头昏，十二时寝，寝后梦甚杂，心不安，转钟二时半梦闲嘱老王起弄饭，通宵烦扰。两河口轿夫宿此。

廿七日　晴　十一月十八日

六时半起，老王已将饭弄好。轿伕食毕，因挑子未到，余遂不往，仅以一轿送梦闲先往挪出，轿伕二名改挑子，仍嘱老王送至晓峰，延至八时半方动身。九时余往万内子处。宜市又来敌机，炸声大作。午饭后十一时往万内子处小憩，后闻敌机凌上空，余出视，见四架从余立处飞过，炸声大作。今日九时邓强往宜市，朱阳春十时去，不知均遇轰炸否。近数日闻往宜市，真不易矣。傍晚邓强携报纸归，知昨上午所炸者为五龙，烧汽油甚多，下午炸者为下铁路坝之圣母堂、法比教会所办之医院、难民收容所，死平民甚多。英法亦畏强敌，以故倭寇去今两年毁英法美教堂，英美亦无可如何。只有强权，那有公法哉！晚饭后无聊甚，嘱梅先霖挪入室中，人少减灯烛。十一时寝，寝后多梦。醒时与先霖言之，心乱不安，夕夕有梦。

廿八日　晴　十一月十九日　星期六

八时半起，时时出外，无非托人雇轿伕、挑子等事。此处人极难雇，又值农忙。中国下等人之坏，不独宜昌为然也。午后无聊，约先林往区公所晤任区长，云今日上午亦有警报，但敌机未来，与坐谈甚久归。午后五时半老王自小峰归，并同两河口挑夫轿子均来，余遂准备与万内子、迟生、惠安等明晨同往，急嘱人雇伕办夜饭等等事。老王、老杨明晨均带往也。十一时半寝。

廿九日　晴　十一月二十日　星期日

六时起，天尚未明，扰扰为挑子事。七时老王等招呼挑子饭毕，愈惹烦恼，总之吾国出力下等人无一善类也。

迟至八时半方起行，余发怒数次，声已嘶矣。行二里经江家湾，行十三里名黄家场，又四里到两河口，此处俱高山峭壁，伕子俱在此打尖。陈惠伯已先一时往小峰矣。又行五里名三兑石，自此以后山石尖削，或峭石高山边临溪，路极难行，余出门数十年，未经此崎岖路也。过新坪经太阳庙，山路尤险，下舆步行七次，约五六里险路，到张家口溪，路略平坦。由张家口沿溪行到小峰，抵所租地址，极不佳，借屋为伕子造饭，极烦碎可恼。而万内子旧性复发，胡言乱语，令余怄气。饭后和衣寝，终夜不成眠也。

三十日　阴　小雨　十一月廿一日　星期一

七时起，出外坐石上，无限感想，念余自七月初五日离鄂城，此数月间经颠沛流离以至此地，尚惹许多气怄。万氏向无知识，面慈心恶，屡令余怄气。上月长子根生死后亦时呈恶状，余实隐忍之，昨夕数次令我难堪，使宜昌能通行，余必回宜矣。饭后心郁，晚宿山上陈宅，遍身疼痛，又似肝气横亘者。九时寝，溪声怒吼，静夜闻之，愈增感慨。

今日午前十时陈惠伯、季民昆仲来坐谈,便约拜访陈秀深、陈三民父子。此地纵横六七里均为秀深田产,秀深袭先人馀荫能保守之,年可收租谷九百馀石,家事丰厚。其人廿馀年未到武汉,近十年亦不管县事,山居饮酒,洵足乐也。此地佃户对于东翁极恭顺,如军队之服从上官者。

十月

初一日　阴　十一月廿二日　星期二

九时起,午后看山,步行溪涧之上,无聊已极。到此每夜闻溪声喧响,使余无亡儿之痛,静夜闻之,未招非□意也。晚间宜昌来人云,报载战事甚佳,黄梅、太湖俱已收复,广州被我夺回云云,诚如此说,时局已转好矣。但宜市敌机犹时时来炸,民众仍惊恐万状,何也?晚无多事,补写日记,十时寝。

初二日　阴　今日小雪节　十一月廿三日

九时起,午前无事,仍山行一次。四日间未得闻大局确信,闷极矣。晚间溪声喧耳,枕上闻之,增感而已。十一时寝后梦荆门已失,电话生某转告余者,旋见此生乘汽车,人众车翻,死伤数人。

初三日　阴　小雨　午后似晴　十一月廿四日　星期四

八时起,倦甚难行。昨以秀深家中有女眷看万内子并送土物及羊肉、酒菜等,须带同惠安、邓实、先林等往谢之。介绍见秀深父子,承其许让房屋一间与内子居住。因坚留余在其家午餐,谈甚久出,至万内子室略坐归。寄庐陈惠伯带有廿、廿一日报二份,如信以为真,战事已转好象,并见其家信,谓武汉不日可收复云云。今日午后一时有敌机十馀架飞过此间后山上空,大约系炸川省转返者也。晚十时写日记毕即寝,梦亡儿根生唇上有微须,未多言语,顷刻已杳。

初四日　阴　十一月廿五日

八时起,早饭后下山,嘱万内子即搬陈秀升家,扰扰至晚间方毕，余上山已昏黑矣。晚间补写日记，九时即寝，多梦，均理想所不到者。

初五日　晴　十一月廿六日　星期六

十一时起，疲甚，闻袁老板云今晨宜昌有炸声，敌机又来矣。秀升约吃午饭，余未去，云有陈剑安者约余晤谈。午后二时半方去，与剑安晤谈。自云隔此地十里，去岁归自荆州，癸亥在闽，惜未与余一见，前清农业学堂学生，与陈海观、尹鲁斌、喻幼香同学，与傅幼虚善，以余前日所闻及今日所见，是一清高廉洁者也。民国以来充农林验场长一次，馀均办学依人，有三子田，获三十馀石谷。今年教读仅自给也。年五十八颇康健，余以体弱不能行山路，有愧多矣！傍晚上山自烧饭，小儿定生昨日左手被火灼甚重伤，觅药敷之，真无妄之灾。老王、梅先林、老杨均于今日往宜昌，托带四函付邮寄彭受虚、沈文鉴等。晚十一时寝。

初六日　晴　十一月廿七日　星期日

九时起,闻宜昌今日又炸矣。十时内子下山至玉儿处,余则自炊自食。今日未下山,晚闻溪声,益增惆怅。十时寝,梦汪瀚章为侦探,欲陷余以罪,似欲往北平。

初七日　晴　十一月廿八日　星期一

九时起,今日两餐均自炊食。午后下山一次,途遇宜市归者,云前日宜昌所炸距市区尚远。晚间郁抑甚,十时寝。

初八日　晴　十一月廿九日

九时起,昨今两日背上作痛,如气挫状,右胁及胸下肝气痛如去春痛状。万氏数数令余怄气以至于此。检川芎、当归、甘草三味，今晚当煎服之，并令梦闲用万金油将余背用力推之。饭后下山一次。傍晚梅先林、老王自宜昌归，携来彭受虚信，云本会经费自十一月份起，改为一成发给，势难存在，令不存在，喻育之所存之款势必缴出。张养颐函云，渔洋关设法可住。建始孙县长亚东函云，余到建始后无论如何困难，总可觅屋居住，且能相安，此二处皆重感情者也。刘述陶、朱阳春函，一嘱余同梦闲往益阳避难，一报告近情也。梅述陈子谷言，湘垣尚未失守，战事已撑持得住，武汉伪组织汤芗铭为省长，孙武为汉市长[①]，王知生为教育厅长云云，此皆意料中事也。报纸七份所云各地收复者，皆传闻之词。气痛，仍嘱梦闲推之。九时半即寝，服药上床。

初九日　阴　小雨　晚大风　十一月卅日　星期三

八时半起，今日两餐仍自炊，极以为劳。昨今服药，

---

① 孙武为汉市长，此说似有误。日伪时期"武汉特别市政府"市长为张仁蠡。

气痛已转好，惟胸胁下肝气未大愈。午后嘱迟生来，告以各事，会事不可靠，以后用钱须紧缩为要，如在此多延一月，即难接济矣。下山一次，在惠安家略坐即归。连日欲作哭亡儿根生诗。提笔心酸意冷，终未就绪。晚十时寝，梦石幼平请客，其家似有喜事，搭台演剧于野外，观剧者皆女宾。又为余招待之睡铺已卧有一小孩，被覆之，余欲寝未能也。又见张眉宣与其族间嫂子谈话。

初十日　早阴　午后晴　十二月一日　星期四

十时起，午后闻同居者云昨今两日宜市仍为敌机轰炸，此间闻其声甚大。今日未下山，足软无力。晚写复受虚、张养颐、孙亚东函三件，有便付宜昌发出，十二时半寝。

十一日　晴　月明如昼　十二月二日　星期五

八时起，十一时陈秀升父子来谈，并黄君、某君同话各事甚久。午后下山一次，闻迟生脚在陈宅因滑挫气已诊矣。便看之，问各事。邓实明日往宜市，再写龚少山、孟广纬、孙寿山等函，连昨写函付之带去付邮，便嘱其晤陈子谷、王文旆、朱阳春问各事。余自来小峰后，宜市消息难得，极沉闷。晚闻水声，益增不快，使余环境好，闻水声颇乐也。十时半遂寝，连夕梦杂。

十二日　早晴　午后二时阴　十二月三日　星期六

晚睡不安，定生每早六时即醒，啼哭不常，余每晨欲多睡不能也。展转不愿起，致今日起甚迟，值梅先生来，云昨前两日宜昌未来敌机。午后六时陈惠伯自陈家畈来，问以近事，无甚好消息。宜沙交通未断，大约不甚要紧，惟宜昌东门外及校军场被炸较甚耳。十一时寝，今夕发寒，手足俱冷，骨节酸痛。

十三日　晴　月色佳　十二月四日　星期日

十时起，膝以下软痛，昨发汗未透，起时牙肿痛未能食饭,煮稀粥饮之。午后下山一次。傍晚邓实自宜昌归,携报纸五份,周光烈信二件。报载多不可信,前数日云皂市敌已退至应城。近日又载敌在皂市增兵。前云广州、九江、武穴等处已收复,近又云敌至浠水矣。愈看愈增民众之疑而已。吾国办报人不过中等流氓,遇事不为人民信仰,且令人厌恶之。十时寝。

十四日 晴 晚月色如昼 十二月五日 星期一

十时起,饭后牙痛稍好。午后写向秘书、严厅长、彭受虚、孙业震、陈子谷、周锐峰等函,备明晨邓实等往宜市分发。邓随余来乡,住仅半月,今决定返宜转赴万县做生意,亦系自立办法。余以根儿去世,家累更重,愁居于此,实无办法。回首东望故园,感慨无已。回时送函下山交邓实,与面谈各事。晚归见月色甚好,携定儿在门外小立一次。六时写诫迟儿函一件,其母无知识,殊可恨,余实虑迟儿将来学无成也。写沈、喻函各一件,述不能往巴东实情,十一时寝。

民国二十六年（1938年）　十月

十五日　阴　十二月六日　星期二

九时起，十一时饭毕，将住室竹则子用竹篙十根，再行补缀，纵横作衬，似较有力，此亦无聊之事也。嘱胡升、老王将室内床帐重新整理一过，板炭检顺，打扫净洁，麻烦二小时方毕。此地甚暖，白日苍蝇，晚间蚊虫嚼人，与鄂东各县气候迥异。今年闰七月，现在节近大雪尚如此，抑天变耶。向陈三民借《诗韵》，今日仍未见送来。此人有田亩，年可收租千石，坐食自娱，不读诗书，负此光阴矣。晚写信二件，十一时寝。

十六日　阴　十二月七日　星期三

九时起，今日将家中床位搬置定局。午后背仍痛，心不安。晚梅先林自宜市归，带回文端、受虚及胡同盛转其子一函，知胡祥安八月廿六已离开但家店运花，携眷往常德，但在牌洲已失散矣。此函乃九月廿四其妻嘱其往湘阴南大膳者。出门危险，何必离乡耶？彼等商人有何关系，乃好利自陷如此。梅带回报纸四份，所载多不可靠，矛盾之处太多，益令人不信。背痛甚，令内子推治片刻，十一时寝。梦见先母着绸衫卧病。

十七日　阴寒　今日大雪节　十二月八日

九时起，早饭与梅先林谈各事，并为之写函拜托孙县长各事。先林今年廿二岁，其父母止此一子，避难来宜，幸有食宿之地，今得此巡回小学教员，已算有职业、有食饭地。然步行数百里，衣被均须自肩，盘费有其同学借助，余以恐窘困之故，仅送其川资四元。晚饭来此又叙二小时之久，恋恋不舍，亦可怜也。五时命之下山，往迟儿处略话半时，告以诸事，俾明早好行也。设根生不死，尚有二年乃得先林同等资格，或不幸失业，谋事如先林状，亦余所痛心也。尔来油烛俱贵，山居亦不易购买，自后晚灯不写字，一惜费，亦惜目力也。九时寝。

十八日 早小雨一次 阴 十二月九日 星期五

九时半起,闻胡升云梅先林今晨已出门到宜昌,甚为感叹。彼父母仅此一子,到宜依余,今自谋一事,只身肩行李而去,总算有志之人。午后二时下山一次,与迟儿说各事。晚间胡升云欲往宜昌,付洋二元与之作川资。前者老王与先林用去川资共二元八角,昨又付先林四元,此八元八角乃例外用度。时局不转好,余寄居之款有限,用一元少一元矣。晚间为惜油烛计,九时即寝。展转难成寐,转钟后梦往阳新,似一住家兼住客者。早晴,忽闻警报,敌机未至,旋调查朱家田畈,族人有来晤者,谓彼曾晤余,余实不认识其人,并约数族人来见余,弃数洋伞于其家,伞发电火,又弃旧衣服数件。未几彼等开门迎一耆旧,均足恭行拜跪礼。耆旧坐领不答礼,甚傲岸,一人促余行礼,余不愿,然以势迫乃行之,耆旧亦拜跪答之,延余上座,似有所询,已醒矣。

十九日　阴　十二月十日　星期六

九时半起,闻胡升已往宜昌。午后写三函分致黄松师、秦培新、张奇强问各事,有便进城当往付邮。闻宜市近日无敌机,生意渐转好状,余未亲往,不知确否。傍晚陈廷泮自杨家场来,细问之,宜市似平静,敌机数日实未来,惟报载皂市、城陵矶水陆战事甚烈,则敌已必进矣。湘垣虽未失,亦可忧也。十一时寝,梦朱怀冰订购马百馀匹、皮箱百馀口,已由商人送单来取。马以桃色者为最上,有二匹,皮箱则纸皮箱也,每口约一元馀云云。

二十日　阴　寒　十二月十一日　星期日

九时半起,午后拟下山未果,心烦意乱。晚补写杂件并记默胡姓宗祖,自若思公写至先父、母、叔、婶时代为止,以示迟儿,俾勿忘也。十时半寝。

民国二十六年（1938年） 十月

廿一日　阴　十二月十二日　星期一

十时起，闻万内子生病。午后同老王带昨写胡姓宗祖源流世系下山后交与迟生细细记之。坐片刻分嘱其写字看书，又往惠安处略坐即归。写杂记并补记童稚事数则。十时半寝，连夕均有梦，杂而无可纪者。

廿二日　阴　午后三时见太阳　夜见星斗　十二月十三日

十二时起，午后命老王至陈子途购物件，并油纸杂物。补写各处函，如胡承颜、胡同盛等，备有人往宜即送也。十一时寝，转钟四时醒，自是鼻塞如伤风状。连夕均如此，不知系何病。六时乃得再睡熟，忽生一邪淫之梦，可厌之极。

廿三日　晴　晚见星斗　十二月十四日　星期三

九时起，命老王早弄饭，食毕已十一时，余欲往陈子途购物。十二时半起行，下午一时四十分到达。山路陡，上四里，足软汗喘，颇难耐。至商店略坐，购食品数事，并阅其十一、十二宜昌带来武汉报，似岳洲附近我军尚胜利。又闻购物人云今晨宜市警报，先有炸弹声，以后则机枪声，约一时许乃止。出店上山见一碑，乃光绪元年示禁例者，县令为即用知县，唐姓。小峰、惠安所居山坡下，亦有一碑，系同治十三年示禁者，亦此知县，唐姓，署东湖县者，则在此已二年矣。惜无《东湖县志》考其人耳。宜昌府首县东湖，民国初年去府，改为宜昌县治。二时半起行，三时归。饭后陈三民送《诗韵》来，与谈半时去。今日行路足软，但背痛稍好，或者气血流通，因运动能消气涨欤？十一时半寝，四时醒，鼻塞涕流又如伤风状，时多杂梦。

民国二十六年（1938年）　十月

廿四日　早晴　午后阴　十二月十五日　星期四

十二时方起，饭后胡升自宜昌回，携回报纸八份，向胖佛、沈季殁等函八件。彭受虚在巴东无办法，沈劝余到巴东勿走陆路。邓实已到万县租住文昌巷三十一号房子。徐孝达劝勿住渔洋关，并示各要事。周光烈托余向严厅长关说一切。朱阳春报告近事，并云黄州、鄂城前次俱遭敌人炮击危险。向胖佛两函均约余到三仙洞，谓严厅长已许月支五十元津贴，颇可感也。三时半下山一次。四时再同迟生、惠安等观瀑布，与余居相距不及半里地。前日余偶行发现，以前来时不知此地有瀑也。观半时许乃归。饭后欲作哭根儿诗，以疲懒搁笔。昨虽摘韵数十字，满拟可秉笔，余之无精神不自今日始也！晚十一时寝。

廿五日　阴　十二月十六日

九时半起，连日闷极，又无他处可游览者。午后陈惠伯带来十三日《武汉日报》，无甚新闻。长沙尚守住，敌人似在新墙附近，又载吴佩孚尚居北平，并未居交民巷，因敌人屡欲利用吴以号召余国另组政府者。吴人格尚不低，当不受其利用也。晚十一时寝。

廿六日　阴　夜十一时小雨　十二月十七日　星期六

八时半起，饭后下山一次，与迟生同至惠安家。一老者陈有铭年七十九岁，自云庚申年生，卖萝卜五斤、白菜四斤半，得洋一角七分以去，行七里路乃到。平生务农，不多识字，有子二人，孙五人，曾孙数人，山内人贫苦如此。午后四时又见后山赵姓，年六十馀者，负小米二升归家，余坐石上留与语，亦云清苦异常，均步甚健。山行老年人能如此，环境所造成者也。九时以后作哭根儿诗，构思叙事至转钟一时方寝。窗外风雨声愈增余之凄凉也。

廿七日　午前风雨　午后阴　十二月十八日

十二时起,因昨晚迟睡,饭后嘱内子躺被卧清衣服,备出门之用。午后三时补昨晚夕未竟之诗,晚八时乃成,痛心之极。以昨睡太晚,乃于九时寝。上床后展转不能睡熟,十一时以后合眼,朦朦而已,多杂梦。

廿八日　早下雪子　午后阴　时有小雨　寒甚　转钟时下雪　十二月十九日　星期一

十一时起,饭后往陈秀升家,闻其明晨赴宜市,便托其发函八件,分致黄松师、向秘书者。与谈一时许,四时归。晚饭后追记太铮儿夭时月份,不能清楚,长女、四女夭时月份均不能记。其母心向不细,更不能记忆也。久欲为长子纯学、次子太铮、长女、四女作哀诗,屡提笔而中止。戊午太铮儿夭后思之涕零,即欲秉笔,今夕必补作之。五十三岁前每一屈指,遭此家忧多次。予之发鬓俱白，未始不由痛心之事起剧变者也。老态日增，将奈之何哉。作哭根儿诗已成，转钟一时半寝。

廿九日　雪　寒　晚似转晴　十二月二十日　星期二

十一时起，天气甚冷，昨夕子正已闻下雪矣。至门外看雪约六七寸，此为今年第一次大雪，住室中不觉寒。饭后写诗稿，惟嫌太长，然不如是，不能说尽。念及亡儿，心痛如割。晚食无菜，不能饱，乱离居此，实梦想不到者也。十一时寝，梦见余兰舫谈数事，余送之出门。兰舫存殁尚不得而知也。

三十日　阴　寒甚　十二月廿一日　星期三

十一时起，饭后将哭根生诗重理一遍。晚间欲作哭长子纯学、次子太铮诗，以神倦而止。此诗当时即欲作者，乃迟迟数年，根生生后余心转喜，竟不乐作，追记前事，心痛无已。明日必补作，列于吾诗集中。晚间更疲，以脚冷十时即寝，夜梦甚杂。

十 ·月

初一日　上午雪　午后阴　今日冬至节　十二月廿二日

十二时起，天又下雪，乡间诸事不知，殊为闷极。天气如此，国难家忧，令人何时可释耶？胡升在此连日发疟疾，无药可愈之，亦累余闷极。晚寒未能作事。十时半寝，今夕易一厚被，展转不寝，咳嗽时作。

初二日　晴　十二月廿三日　星期五

上午三时醒，自是咳嗽鼻涕并出，又类伤风状。此余历年冬季有此状，不足异也。七时遂又睡去，梦见亡儿根生正在病笃中，目上视，心胸作极痛楚之状，盖垂绝时也。闻似在方耀延先生公馆中，余大哭。先母是时亦在，视儿疾，涕泣不止，旋醒，天已大明。亡儿示梦，此为第二次，徒增余之痛心而已。十时起，饭后至门外曝阳一次。十二时命老王至寻子途购物，为胡升买丸药诊疟也。记昨夕内子报字测二事，一问日祸可弥否，报"晨小"二字。二问宜昌为不失否，报"而学"二字。当时测之，日出于晨，冬月朔，日力甚微，下承，"小"字更无力矣。"而"字先书一横，下似防守式，"学"字前御敌之物甚多，似可无虞。今午又嘱其报二字，系测余何时东归，得"成就"二字，"成"似戌，此月十一为戊戌，即廿八年一月一日也。"就"有就道之意，或者此月十一日能成行欤？旅中无聊，因书于日记中，则迷信过深者。午后三时得陈季铭廿一号函，大要传闻英美借款中国，援助抗日，将来以武力保商，因该二国长江利益已失也。皂市、沙洋将来有战事，湘垣战况甚好，已逼近岳州，姑妄听之而已。补作哭纯学、太铮两儿诗已成，前十数年不遽作者，虑根生为纯、铮两儿转世，故不敢作，今根生已死矣。后之阅余诗集者，知余为一处逆境最苦之人也。十时半寝，梦回鄂城暗及杨厚安，厚安执礼甚恭，似其家有白喜事，请余教其为请客帖式，又见鄂城商会姜寿庵着灰色军服操罢方归，似自办商团状态者。三时半醒，又类伤风，鼻涕并出。

民国二十六年（1938年）　十一月

初三日　晴　寒　十二月廿四日　星期六

十时半起，天气虽晴，路未干，不能行，闷坐而已。晚间将哭根生诗重录草稿，其太铮、纯儿、纯女等诗亦略改正，他日分书余诗集中。又补作感慨诗四首，纪国难后余感受苦境也。十一时半寝，转钟五时寝，梦余似已回鄂城，着破烂夹衫，又置一套青线布马褂、旧蓝竹布夹衫于椅上。夜已深矣，先母与余说话片刻，余遂往巡抚街宿一租借之宅。

初四日　阴晴　寒甚　十二月廿五日　星期日

十时半起，寻子头郭先生送来廿二、廿三日报纸，就床上阅之。饭后无事，出门小立，阳光甚小，山中积雪未尽消，不能下山。午后三时袁老板回，便问各事。据说往三游洞以走杜家河为好，且近十五里也。傍晚陈季明带来信一件，廿、廿一日报，合前后阅之，战事我与敌仍在相持，英美借款已成事实，馀无特别记载。汉口法界居民不受日军激烈干涉，英商太古、恬和两公司轮可由汉口开南通为止，则汉口外轮已通行下游矣。十一时寝，梦先母似与多人行大道中，余亦与多人迎面去。先母见余，不作一语，呈忙行又沉抑状态。余与多人手执丈馀长之树枝，作持伞状而行，亦不敢与母交言，惟泪频流，大哭失声，醒后泪果盈眶也。此不知主何事？

初五日　晴　十二月廿六日　星期一

十时起，饭后下山至迟生、惠安两处略坐谈，定明日赴宜市再转三游洞。□子已雇就，又较邓实从前力价增贵矣。总之各县人欺生乃吾国民族特性，然殊可恶也。晚间嘱梦闲清理各件，仅简单带少许应用之物而已，十时半寝。

初六日　晴寒　午后阴　十二月廿七日

五时醒，昨夜展转不寐。六时老王弄饭食毕，仍未见有人来呼。七时起,八时至惠安处。陈光锦殊可恶,其子与雇工刁狡异常。九时半方行,山中积雪未消,拂面寒风,自是经寻子头、白木坪至廖家林方吃饭。五时半渡河至小溪塔宿。兵士来店云有警报,不知何所据也。旋又闻解除。火食甚好,寝不成寐。

初七日　阴　十二月廿八日　星期三

七时起,八时半起行,十二时过亡儿墓,焚楮毕起行,途遇刘凤章,立谈片刻,又遇陈季明自宜市来,与语并问各事。十一时半到王文端处,开消轿价,嘱其转家报知各事。饭后约阳春、孙祖德、周光烈、云龙骧来谈近事,并与文端往陈子谷处问近况。十一时归寝。

初八日　阴　风寒甚　十二月廿九日

七时起,八时雇车出门,行至绵羊洞,军队阻止不能通过,谓刘主任在此办公,刘主任刘峙也。遂与王仆步行约二里过溪桥头，遇警备部二连班长赵钧龙，荆门人，渠往南荆关者，指余路，遂同行。此人述其身世颇苦，不少讳。十时半抵酒肆，与赵共食。十一时半到三游洞，晤向秘书谈一时许。萧液阶、汤光烈、周方立等一一与谈。午后二时下山至安济桥，省府所包之船已行矣。沿途无船可雇，仍与赵班长晤，并遇屈少卿联保主任话各事，仍步行，过绵羊洞后乃得一车，乘之归。今日共行路卅五里矣。六时饭毕，约文端同往新新池洗澡、理发。十一时半返农贷所宿。

初九日　晴燥　十二月三十日

七时起，见天已晴，遂匆匆雇车与老王起行，十一时半到小溪塔。午饭毕，十二时与王仆步行。下午三时过区署，仅晤邓区员谈片刻。彼籍沔阳，前为敌机炸甚惨。四时晤陈季明、惠伯等。晚宿文伯家，以被厚寝不安。

民国二十六年（1938年） 十一月

初十日 阴 十二月三十一日 星期六

天未明即闻飞机声，八时半起，闻警报声甚晰，似解除号者。午后杨星阶、张育堂、文伯已归，均晤见，谈甚久。晚九时半即寝，睡甚恬熟。

十一日 阴寒 民国廿八年新历一月一日

八时半起，闻陈宅轿子未雇妥。九时半遂与老王步行至小溪塔，已十一时。饭后候车子，未见有来者，仍步行，三时半经过亡儿根生墓小立，伤感无已。五时到农贷所，值文端已出，遂往周锐峰家吃饭。晚与阳春外出购物归。十时写巴东信。卜牙牌数，时局可望转好，问余事则不吉。十二时寝，不甚安。

十二日　阴　元月二日　星期二

八时闻警报，始起床。九时半解除后至营业局访顾局长未晤。至正川门闻警报，又折回与文端谈，紧急警报作矣。一小时解除。遂同阳春访刘绍安，至专署访闻百之、云龙骧，均晤。晚至锐峰家吃饭，九时归，十一时寝。

十三日　阴　午后晴　晚有月色　一月三日

七时起，老王送余乘船至三游洞，十一时半抵山，饭后嘱王数语去。到洞后与向胖佛谈各事。严厅长未归，公事甚简。晚与萧、汤、向诸人谈甚久。十时半方至寝室。寝室寒甚，展转不寐，转钟后闻某职员被堕火盆中，烟雾触目鼻，扰扰半时乃已。

民国二十六年（1938年） 十一月

十四日　阴寒　一月四日

七时半起，稀饭毕，看文稿并代复厅长函件。汤光烈为余租得山下许姓屋一间。午后阅报，见汪精卫主和艳电陈述理由，与敌人近卫所主张者同。晚六时下山宿许姓宅，鼠多，又时闻两小儿啼，寝仍不安。

十五日　阴　寒甚　一月五日　星期五

六时闻两小儿喧闹不已。八时半起，九时半到洞办函电稿。饭后与向胖佛同出游山。晚嘱勤务张升带灯油、木炭往许宅。张自云本姓吴，住蔡甸，业木匠，与吴文渊主任系同乡，来此数月，亟欲归蔡甸，因来宜后其子其父俱死，欲请假回汉阳云云。吾鄂受战祸，离乱死亡逃亡在外者不止于张升也。噫！谁之赐欤？八时汤伯纯、汪均叔、周方立等来谈，九时半去。余遂寝。

十六日　晨雪　奇寒　十时转晴　夜有月色　一月六日　星期六

七时半起，到洞后办公。正午见浙江保安处来一文，述浙军阵亡事，中有佘桢，系鄂城籍，则佘志广也。殊为可怜。文叙廿七年八月十六日在富阳高桥阵亡，不及收埋，发觉人为浙江保安第三团第三大队第九中队一分队队长邱复生，团长朱启佑所报告者。事平或可请抚恤也。晚六时归，十时寝。寒不成寐。

十七日　霜　大雾　晴　晚奇冷　一月七日

七时起，即闻有警报，未几紧急报作，余欲往洞，旋闻机声已到上空，未几炸弹声作，敌机轰炸宜市矣。十时到洞办公，晚六时归，十时寝，极不安。

民国二十六年(1938年)　十一月

十八日　雾　晴　一月八日　星期一

七时起,到洞办公,写育之、幼香、纯古、广纬回函。晚归,十时寝。

十九日　阴　一月九日

八时起,九时到洞。午后得文端电话,云胡升由乡间来,比嘱其即到山一晤。

二十日　晴　一月十日　星期三

八时起,闻警报,八时半到山又闻警报,电话报告谓有敌机四十架,分二批来宜,未几闻转告沙市,已投弹市区矣。

廿一日　雾　大霜　晴　一月十一日　星期四

七时起，警报作，未几二次又作。到山后闻沙市昨已炸，甚惨。约胡升来山，今日阅文件后写函二件。晚六时下山，十时寝，梦先母云不住惠安之屋中。

廿二日　阴　一月十二日　星期五

七时起，八时半有警报。十一时胡升来山，余细问乡间各事。胡去后余电询文端，云老王未到。六时回寓，十时寝，梦已回鄂城，见住宅。

廿三日　霜重　晴　一月十二日　星期六

七时半起，八时半候老王，未至。余遂到洞办公，十一时老王来，询问各事毕。有警报，电话中云敌机三架过长阳矣。二时同老王下山,请假回乡小住。四时半到文端处,饭后访育之、柯克明、子谷,并知今日恩施被炸,汉沪可通邮,晋陕战事急。阳春来谈各事,十二时半寝。

廿四日　霜　晴燥　一月十四日

七时半起,八时与王仆动身,乘人力车至小溪塔。十一时饭后动身至柳家坎柳介棠家看房子,途遇冯艺林谈片刻,知已由巫山迁回也。并遇陈文伯。午后三时到柳宅,并访张厚宇联保主任。晚饭后与柳谈至十二时寝,梦孟夫人与余共话。

廿五日　大霜　晴燥　一月十五日

七时半起,八时半乘轿动身,经红岩子至锦文坡,山路崎岖不易行,汗透短衣。下午三时半到寻子头,嘱舆夫转去。五时半到家,足软甚,十一时寝。

廿六日　阴　小雨一次　一月十六日　星期一

十时醒，十二时起，饭后下山与迟生说各事，访陈秀升，晚归，嘱王仆明晨买物送陈宅礼。晚十一时寝，甚安。

廿七日　雪　寒　一月十七日　星期二

十二时方起，今晨天变下雪，晚十二时寝。

廿八日　晴　一月十八日　星期三

十二时起，倦甚。午后写克明、受图并汪万顺明信片，嘱老王明日到宜昌。亡儿根生今日百日期，命老王过其坟烧纸，思之不胜痛惋也。十二时寝。

民国二十六年(1938年) 十一月

廿九日 晴 午后阴 一月十九日

六时闻老王已起,七时行矣。十时半起,清理各事。午后陈惠伯来,云战事不甚好,并接其祖母与母回陈家畈过年。余等来山已两整月矣。彼等回去渡岁。东望故园,路隔千馀里,无可归之机与时也,奈何。晚十二时寝。

腊月

初一日　阴　一月二十日　星期五

十一时起,知惠伯等已走。饭后至惠安家略坐谈。晚十一时寝。

初二日　阴　午后微雪　一月廿一日　星期六

十一时起,午后至惠安寓,四时老王自宜归,带回彭、王、袁、蔡、柯诸人函件,知厅长尚未回宜昌。晚十一时寝。

民国二十六年（1938年）　腊月

初三日　晴　一月廿二日

十时半起，午饭后清理各事，准备往宜昌。今日晴一日，晚见斜阳。晚十一时寝。

初四日　阴　晚小雨一阵　一月廿三日　星期一

五时半醒，呼老王起，七时到惠安寓，起行舆行甚快。午后一时抵廖家林饭。五时过亡儿墓，六时至北门余利生药店，换车到文端处，胡升、祖德、丹阳等俱来。今晚途遇汤光烈等，云厅长明天可到宜昌。饭后访彭受虚，未晤见，询及蔡甸来人，云近往武汉者甚多。访子谷问各事，惠安、老王已到宜，无车步行甚苦，一日行七十里矣。

初五日　阴　一月廿四日　星期二

七时起,受虚来,与同往喻育之处商各事。午后洗澡、理发,添做蓝绒布裤一条。惠安明日仍回乡间,嘱老王买各物。十二时寝。孟祥焕自沔阳来。

初六日　霜　晴　寒　一月廿五日

七时起,惠安、祥焕已雇人力车,老王随行回乡。嘱惠安在小溪塔候老王送余往三游洞,便持函询冯艺林有无空房也。十一时半到山,就魏科员家吃饭,厅长初回,余上山亦无多事,渠见客反不便也。午后二时上山与厅长见面,谈数语,彼事忙,不多谈,打电话告知喻育之,厅长今日下山,明晨一切可与谈也。六时半下山宿许宅,已带大被甚暖,十二时寝。

民国二十六年（1938年）　　腊月

初七日　阴　小雨　午后大雨　一月廿六日

八时起，十时到洞，闻有警报。天气不佳，敌机亦可出发耶？今日无多事，偶有感触，抑闷无已，下山后与魏科员谈往事，十一时寝。

初八日　阴　一月廿七日

十时起，上山后阅文件。午饭严厅长同桌食，谈各事。六时下山，许宅竹仰层已搭起，晚寝可避粗尘入目也。十一时寝。

初九日　阴　寒　晚雨　一月廿八日

十时起，上山办公，王襄来访，谈各事，问傅幼虚近况，余实告之。午后闻向秘书下山，见汤、周送出后，余细问之，知已辞职矣。颇以为异，盖向与余未曾道及也。晚饭后遂与汤光烈同船到宜，决计挽留之。到宜后值天雨，访韩视察寓，知向已往警局，遂车访之。遇见详述各事，以有人在座不便细谈，遂至停云旅馆详询一切，彼有理由，是以辞职去也。回文端处寝。

初十日　雾　晴　一月廿九日

七时起，八时晤喻育之。九时彭来农贷所，余向之取二月份款四十元。十时访胖佛谈回厅事，未得结果。与厅长电话中谈胖佛转告之语。十时至新街候严厅长，谈至十一时归，宿不成寐。

十一日　大雾　正午晴　一月卅日

七时半起，街上雾不见人，到河干已八时，搭省府划子。汤光烈已先在船，十一时到山核文件。晚六时回寓。连日仍闷抑，十时寝。

民国二十六年（1938年）　腊月

十二日　大雾　阴　晚两通宵不息　一月卅一日

九时起，到洞后厅长嘱审查参议员资格。保安处长阮齐，社训处长杨啸伊，视察韩楚珩，教厅王介安，财、建两厅无人列席。以孔庚、喻育之所保荐之人为多，余不便多发言，缘所保荐者多败类也。晚六时下山。

十三日　雨　二月一日

十时起，到山办参议员卷。午后一时核二科稿，厅长面嘱者也。向胖佛下山后，诸事无头绪，午后六时下山，路滑泥深，极以为苦。晚十时半寝，梦见亡儿根生已生须，似未死者，左眉中有一赘瘤，斑白之发，余谓尔尚存耶，未几醒，鸡鸣矣。

十四日　阴　午后晴　二月二日

十时起，即上山核稿。恩施沈汉章、阎毅、张某三人皆厅长电调回者。沈办参议员卷，阎办机要信件，张办庶务者也。陈季朋介绍王锡伯来会，与谈片时去。饭后下山，晚寝不安。

十五日　雾　阴　午后晴　晚见月色　二月三日　星期五

九时起，上山办公，写吴老表、朱汤家、谭菊畦三信，又复蔡心寿一函。晚十一时寝，展转不安。

十六日　晴燥　二月四日　星期六

九时起，到山闻有警报。十二时紧急警报作。午后二时下山为向胖佛饯行。三时半到文端处,未饭时又闻警报,已下午五时半矣。六时约胖佛,九时到协兴园酒叙,十时至新新池洗澡理发。十一时回文端处寝。阅喻幼香复函,已许胡升支干薪。今日晤及邓强询各事。

十七日　阴　午后晴　二月五日　星期日

七时起,八时至正川门搭船,十时半到。余住宿宅中小憩,上山办公,晚归宿。

十八日　阴　晚九时小雨　旋大雨通夜　二月六日　星期一

九时起,十时上山闻警报,问邮局电话,云当阳被炸矣!十二时饭后闻厅长归,约往新盖茅屋中做纪念周,行礼演说甚长。午后六时公毕下山。十一时寝,梦程师母、稚松等,又见赵茂林宅被炸,路行不通。余欲视余宅,不甚了了,似昔时居杨大生后者。

十九日　阴　二月七日

八时起，上山办公，晚六时归。液垓、光烈、方立均来谈甚久去。十二时寝。

二十日　阴　寒　微雪　晚雨夹雪子　二月八日

九时起，十时到山办公。午后闻汽艇开，与萧液阶随厅长同往宜昌。周锐峰来约吃饭，彼仍谆谆以谋县长为请。晚宿农贷所。

廿一日　阴　二月九日

九时起，锐峰来问信。午后访子谷谈片刻。二时上山备请假书。晚寝极不安。

民国二十六年(1938年)　腊月

廿二日　阴　午后现晴状　二月十日

九时起,上山阅文稿。余已写请假调病报告一件,因厅长未归未上也。十一时王安雪来述各事,嘱其先回宜市买物。余六时回寓,寝不安。

廿三日　阴　午后大雨　晚下雪子　二月十一日

九时起,饭后候老王不至,命王如清随余到许宅取件。今午厅长面允余回乡调养。在许宅收拾物件毕,老王乃至,遂就船到宜。开船后雨骤至,到农贷所小憩。迟生此次同老王、祥焕来宜,殊可恨。天雨岁暮,烦恼不堪。七时付老王买物先后用去十六元。访孟迪甫、伍局长均晤。胖佛外出,不及面谈也。迟生在所同宿,余睡不安。

廿四日　阴　晚小雨　二月十二日

八时起，十时带同迟生至文端寓中，就其寓早饭，留迟生在其寓。午后陈子谷约余吃饭，六时去细问各事。海南岛为敌占，渠称关系极大，并述英、法海军近势恐不能援华，殊可危惧。八时回所宿，连日风雨闷甚。写信与喻幼香，嘱寄秉林薪水。十二时寝，梦至程师母屋中说各事，又省展览会，喻育之所主持也。余之《寒溪避署记》何以不见存列？连夕寝不安。

廿五日　阴　小雨　二月十三日　星期一

八时起，清理各事。午后雇舆已定，往小峰。访闻百之，并陈县长谈各事。四时半小袁来，携有梦闲来函，谓寻子途附近抢案，嘱余不必回乡，遂携函与陈县长阅，借其饬区长从速办理。新区长余宪章即日往四区接事，余面托之。岁暮有匪抢劫，宜昌本属寻常，但余现居乡间，亦不能不防也。晚遂变计,明晨到陈文伯家看房屋,商量搬家事,就其挑队士送余回乡可也。九时欲寝,高区长华堂来访,谓可派队送余往小峰,余以轿子说定不再变更。今日老王、迟生、祥焕俱回乡。询之小袁,谓已在途中遇之。告以此事,彼等今晚又到家,忧心如焚,十二时寝。

廿六日　早晴　午后四时阴　二月十四日

八时起,久候轿子不至,十一时方来,余出门,孟迪甫来,立谈各事,送兴山木耳与余,匆匆别去。舆行甚速,十二时半到小溪塔午饭。三时半到区公所,与任区长季明晤谈各事。晚宿文伯家中,文伯不在家,未晤谈。十二时寝。

廿七日　阴　十时以后雨　晚雨通宵　二月十五日

八时起,即行至两河口惠伯家吃饭,时小雨频作。过三堆石,大雨难行,三时过新坪,六时到家,雨湿衣袖。

今日幸早行，不然吃苦当不止此也。十一时寝。

廿八日　阴　晚大雨　二月十六日　星期四

早八时，昨陈季明派队士二人别去，各给一元与之。十一时起，嘱老王至陈子途买物送秀升兄弟，去洋四元馀。晚思故乡，心绪愁抑不止，十时饮酒一杯，十二时寝。

廿九日　晴　晚雨　二月十七日　星期五

十一时起，饭后到秀升家，知其未归。与三民谈各事，与迟生、万内子嘱各语出。欲至惠安寓，以水隔未果。晚五时半归。十时闷抑，十二时寝。

民国二十六年(1938年) 腊月

三十日 雨竟日 晚通夜雨 二月十八日 星期六

十一时半起,各处如陈、袁诸人送礼物来,不胜其烦。午后分钱与袁宅老幼,老王、祥焕亦均给钱。傍晚雨未止,又不能外出,心乱如麻。记去岁除夕在鄂城,今乃逃难至此,妻子分居此乡,百感交集,诚余平生未受此罪此境也!十一时饮酒一杯,略进食物。十二时半乃寝,转钟二时闻袁宅出方,鞭炮声、拜年声益增叨怛而已。国难未已,家园住宅不知情状如何,大抵难保存也。近腊月全月中,天晴仅八日,馀均为风雨或雪子,天变于上,民怨于下,致中国陷于此现况者,谁之过欤?